前世で辛い思いをしたので、神様が謝罪に来ました

God came to apologize because I had a hard time in the past lite

初昔茶ノ介

Chanosuke Hatsumukashi

フラン
アルベルト公爵家の子供。爽やかで優しいが、実はちょっと腹黒いところも…？
アニエ
魔法学園の生徒。学年一の魔法の実力者で、勝気なしっかり者。わけあってブルーム公爵家の養子になった。
ネル
女神ナーティ様がくれたサキのお付きの猫。様々な魔法でサキをサポートする。ちなみに女の子。
サキ
不幸ばかりの前世を神様に謝罪され、幼女として異世界転生した。桁外れな才能を持つものの、コミュ障で人見知り。

フレル
アルベルト公爵家の
次期当主。
有能なイケメンで、
領民からの信望が
厚い。
キャロル
フレルの妻。活発な美人で、
厳しくも優しくサキ達を
見守る。可愛いものに
目がない。
アネット
フランの二つ下の妹。
サキが大好き。
背伸びしたがりで
おしゃまな性格。
Characters
登場人物紹介

毎日、本当に嫌なことばかりだ……。

「おい、またこんなくだらないミスをしてるのか！」

部長の怒号がオフィス内に響いた。怒られるのは本日二度目だ。

私――雨宮咲《あめみやさき》は、部長のデスクの前で縮こまっていた。

「……す、すみま」

「ああ？　何をボソボソ言っているんだ⁉」

部長がバンとデスクを叩く。

ただでさえ話すのが苦手なのに、ますます小さな声になる。

「……す、すみません」

やっと口にすると、部長がフンと鼻を鳴らす。

「まったく、一体いつになったらこんなミスをしなくなるのかね？　やる気がないなら辞めたらどうだ」

「あ、あの……少し、寝不足で……」

昨日は同僚から仕事を押し付けられ、日付が変わる頃まで会社に残っていた。

それでも終わらず早朝に出勤したため、ほとんど寝ていない。

「言い訳は聞かんよ？　生活習慣を整えることくらい、社会人なら当たり前だろう。寝不足だなんて、まさか毎晩男と遊んでいるのか？　……いや、君みたいな容姿じゃ無理か」

部長が馬鹿にしきった様子で言う。周りの同僚からも、クスクスと嫌な笑い声が聞こえてくる。

パワハラ、セクハラ、モラハラ……こんな扱いは日常茶飯事《にちじょうさはんじ》だ。

部長からの説教が終わり、ため息をつきながら席に戻る。

すると同僚の女性――加納《かのう》さんが話しかけてきた。彼女と仲の良い関田《せきた》さんをはじめ、他の女の子たちもニヤニヤとこちらを窺っている。

「ねー、雨宮さん。ちょっと今日用事があってさー。私たちの仕事もやってくれない？」

「え……」

でも、昨日だって……。そう思うけど、口に出せない。

私と違って自信たっぷりで、華やかな彼女たちを前にすると、引け目を感じてしまう。

「お願い！　どうしても外せない用事があるの！　雨宮さんならやってくれるよね？」

「……わ、わかった」

「ほんと？　ありがとう！　雨宮さんみたいな人がいて助かるわー」

デスクに分厚いファイルが何冊も積まれる……これはまた残業かな、残業代なんて出ないのに。

――私の人生は、こんなことばかりだ。

小さな頃から、酒癖の悪い親に虐待《ぎゃくたい》されてきた。

小学校から高校までは、クラスメイトにイジメられた。原因は親の暴力でできた身体の痣《あざ》だ。

地元を離れれば何か変わるかもと思い、実家を出て、自分で学費を稼いで大学に進学した。

けど、結局周りから避けられた。ようやくできた彼氏も、私の痣を気味悪がって、別れを切り出してきた……それ以来、自分の外見に自信がなくなった。

就職しても、扱いが変わることはなかった。

こんな人生、終わらせたほうがいいのかな……。

何度も考えるくらい辛かったけど、結局怖くてできなかった。

そして今日も、同僚にこき使われている。

自分の業務さえこなしきれないブラック企業だというのに、こんな仕打ちをされたら深夜まで残業になる。

私に仕事を押しつけることに成功した同僚たちは、今夜会う男性たちの話題で盛り上がっていた。

きっと今日もデートや合コンへ向かうのだろう。

はぁ……嫌になる。今日中に終わるかな？

私はみじめな気持ちになりながらも、仕事にとりかかった。


ようやく片づいたところで時計を見ると、午前零時を過ぎていた。

またこんな時間だ。終電に間に合うかな……。

本当は会社の制服を着替えたいところだけど、そんな暇なさそうだ……。

帰ろうとして会社を出ると、突然大雨が降りだした。

……最悪。

私は鞄を頭に載せ、駅までダッシュすることにした。

ヒールとはいえ、十分か十五分で着けるはずだ。

びしょ濡れになりながらも走っていると、ようやく駅が見えてくる。

その瞬間だった。

光が私を包み、全身に激しい痛みが走る。同時にすさまじい音が耳をつんざいた。

何が起きたのか理解できないまま、気づくと地面に倒れていた。

え……何……？

薄れていく意識の中で、周りの声が聞こえてくる。

「おい！　そこに雷が落ちたぞ！」

かみ……なり？　まさか、私に……当たっ……た？

私、雷で感電して……死ぬの……？

何、その人生――バカみたい。

神様は、私にひどい人生を与えたもんだね。

せめて少しくらい、楽しいことがある人生を送りたかった。神様に文句の一つも言いたくなる。

でも、そうか……これで、終わっちゃったんだ――

「いやぁ、ほんっとそれなー、これで終わりとかないありえなくない⁉　って思うよねー」

と、思ったのに……なんか、軽そうな口調の声が聞こえてきた。

……私は死んだんじゃないの？　というか、なんで私が考えていることがわかるの？

しかも文句に相槌《あいづち》を入れてくるなんて、まさか――本当に神様？

でも、こんな適当な話し方する神様がいていいわけ⁉

「そんなこと言われると耳が痛いなぁ。まあ、とりあえず目を覚ましなよ」

私はゆっくり目を開け、立ち上がった。

「何、ここ？」

なぜか身体の痛みが消えている。辺りは何もない、真っ白な空間だ。

そして目の前には――見るからにチャラそうな男の人が立っていた。

明るいミントグリーンの髪の毛は、ワックスで整えたような無造作ヘアーだ。服装はダボッとしたパーカーにスキニージーンズ、ごついスニーカー。

喋り方といい、外見といい……パリピっぽい。

「やぁ、雨宮咲さん」

気安い感じで話しかけられて、後ずさる。

「……あ、あの……お会いしたこと、ないと思うんですが……」

おかしい。私はこの人に見覚えがない。でも、この人は私のことを知っているみたい。

ただでさえチャラそうなのに、怪しすぎる……。私は思わず身構えた。

「そんなに警戒しないで。服とかもこの世界に合わせてるんだし、怖くないっしょ!? ボクはこの世界を担当してる神の一人、ラスダっていうんだ」

神様……本当に神様？ こんな人が!? 変な髪色の、パリピな大学生にしか見えないけど……。

疑いの目でじろじろ見てしまう。だけど、神様は気にした様子もなく続ける。

「いやー、実は咲さんが落雷で死んじゃったのって、ボクの手違いなんだよね」

「て、手違い？」

「そ、実は世界を管理するために、定期的に試練みたいなものを与えてるんだ。そうしないと、世界のバランスが悪くなるんだよね～。キミのいた世界でいえば、台風とかの自然現象かな。今回は雷を落としたんだけど、たまたまというか、やっぱりというか、その位置にキミがいてさー」

何？ じゃあ、私が死んだのは神様のせいだったの!? というか、「やっぱり」って何？

何がなんだかわからないでいると、神様がパンッと手を合わせて頭を下げてきた。

「いやー、マジでごめん」

か、軽いな!? 神様からすれば私一人の命なんてどうでもいいんでしょうけど！

そんな心のツッコミに応《こた》えるように、声が響く。

「ラスダ！ あなた、その態度はなんなの!?」

ふいに女の人が現れた。女の人は、神様――もう呼び捨てでいいや、ラスダの頭を後ろから思いっきりひっぱたいた。

突然の登場にびっくりしたけど、よく見るとすごくきれいな女性だ。

ラスダと同じ明るいミントグリーンの長い髪に、透き通るような水色の瞳――まるで教会で目にする聖母様みたいに神々しい姿をしている。

「いって！　何すんだよ姉貴！」

ラスダが頭を押さえる。姉貴ってことはつまり、ラスダのお姉さん？　この人も神様なのかな。

むすっとしたラスダを、女神様らしき人が叱りつける。

「これはあなたの責任なのよ⁉　神は全ての人に平等、それをあなたは――」

二人が揉め始めた。

一体どういうこと……？　当事者の私には、全然わかってないんだけど……。

そもそも、全ての人に平等なんて……そんなわけない。

ラスダは世界を管理しているとか言ってたけど、私の人生は苦しいことばっかりだった。みんなが私みたいに、苦しみばかり受けているわけがない……。

すると、女神様が気の毒そうな様子で言う。

「そうなのです。咲さん」

この人も、私の考えていることがわかるみたいだ。

それよりも、さっきから「やっぱり」とか、「そうなのです」って……、どういうこと?

事情が呑み込めないでいると、女神様が話し始める。

「私はこの世界を担当しているもう一人の神、ナーティといいます。この世界で生まれる人が皆、平等に幸福を手にできるよう管理していました。しかし、私の愚弟《ぐてい》――このラスダが職務をサボりました。その時に生まれてしまったのがあなたなのです」

「えっと……つまり?」

ナーティ様は口ごもる。そのあと、重苦しい表情で告げた。

「申し訳ありません。手違いにより、あなたに幸福は一切存在しなかったのです」

私は言葉を失った。

なんだ、それ……。私、神様のせいで不幸になるよう生まれたってこと……?

もう死んでいるんだから関係ないかもしれない。でも、たとえ謝罪されたって、わざわざ神様からそんな事実を聞きたくなかった。

ショックのあまり、呆然としてしまう。

辛い人生が当たり前で、もう泣くことなんて忘れたと思ってたのに……涙が出てきた。

ナーティ様は気の毒そうに言う。

「本当に申し訳ございませんでした……。生きている間、あなたがどのように生活していたのかはわかっています。どれだけ苦しく、辛い思いをしてきたのか……。そこで、私からの提案です」

「提案……？」

「私たちが管理している世界は他にもあります。その世界で、もう一度人生をやり直していただきたいのです。咲さんが幸福になるよう、この愚弟に代わって私があなたを再構築します。いかがでしょうか？」

今まで散々ひどい目に遭《あ》ってきたのに、そんな話、信じられるわけない……。

でも、辛い人生だったからこそ、一度でもいい、幸せになってみたい気持ちもあった。

悩んだ末に……口にする。

「そこでは、幸せになれますか……？」

「はい。あなたがこの世界で苦しんだ分、多くの幸福がもたらされることを、神の名のもとにお約束いたします」

「でも……」

私なんかが本当に幸せになれるのかな……やっぱり信じられない。

そう思って俯《うつむ》いていたら、ナーティ様に抱き寄せられる。

「咲さん、あなたはこれから幸せになれるのです。幸せになるのは、人としての当然の権利です。望む形で、好きに生きていいんですよ」

あったかい……。人に抱きしめられるって、こんな感じなんだ。

親にさえ、こんな風に優しくされたことなかった……。

ナーティ様から、あたたかさが伝わってくる。その温《ぬく》もりで、次第に私の目頭が熱くなる。

私のことを助けようと……幸せになれるって言ってくれて……。

何もかも、初めての出来事だ。私の目からはたくさんの涙が溢れた。

今まで知らなかった。嬉しさでも、泣いちゃうことってあるんだね。

「よろしく……お願いします……」


ひとしきり泣いた後、ナーティ様が優しく聞いてくれる。

「では次の世界での幸福のために、何か希望はありますか？」

「……えっと、せっかくやり直すなら、できれば若くしてもらって、最初は森なんかで読書とかしながらのんびりしたいです……。それと……少し、可愛い子になりたい……かな？」

人と接するのは苦手だ。今まで利用されるか、怒られるかのどちらかだった。

だからしばらくは誰にも会わず、一人でのんびりしたい。

それに今より少しでも見た目がよければ、トラブルが減るかもしれないし……。

「わかりました。では、この子をあなたに」

ナーティ様が両手を広げると、その間に小さな子猫が現れた。

子猫は真っ白で、ふかふかな毛並みをしている。動物は飼ったことないけど、テレビで見た優雅なもふもふの猫ちゃん――ペルシャ猫に似ているかも。

「この子はあなたのために作りました。あなたに尽くし、命令に従います。そして、【ブック】の魔法が使えます」

「ブック？」

「はい。今から行く世界には、魔法があるのです。ブックと声をかけてもらえれば、この子は本に変身します。色々な本に変われるので、新しい世界での物語や歴史書、なんでも好きな本を読めますよ。加えて、咲さんが知りたいことを尋ねれば、本の上で文字にして答えてくれます」

そう言いながら、ナーティ様は子猫を私に抱っこさせた。

ふわふわして、あったかい……私は笑顔になった。

「ちなみに、魔法についても咲さんに不利益がないよう考慮するのでご安心ください」

「何から何まで……すみません……」

「いえ、当然のことです。それだけの苦しみを、あなたは受けていたのですから……。では、そろそろ転生させます。最後に、何か気になることはありませんか？」

「不安がないって言ったら、嘘になりますけど……困った時は、この子を頼ります。ナーティ様、ありがとうございます。私……これから幸せになります」

「お礼などいいのです。全てはこの愚弟のせいなのですから」

ナーティ様がもう一度ラスダを力強くひっぱたいた。

「痛っ！」

「あなたも、少しはまじめに謝ったらどうですか！」

「……ご、ごめんなさい。次の世界では幸福になってよね～。ボクも祈ってるからさ！」

……まだチャラいけど、ラスダはいちおう頭を下げてくれた。

「では、あなたに幸福があらんことを。これからは望むままに、自由に生きてください」

「……はい」

私は白い光に包まれ、眩《まぶ》しさに目を閉じた。

そして次に目を開けると――知らない森に立っていた。

1　異世界生活の第一歩

光が顔に当たり、眩しさで目の上に手をかざす。

辺りを見回すと、私はたくさんの木々に囲まれて立っていた。

緑に溢れ、木漏れ日が降り注ぐきれいなところだ。

「ほんとに、森にいる……」

呟いて気づいた。なんだか、声が高い……というより、幼い感じがする。

側《そば》に川が流れていたので、近づいてみる。覗き込むと、見覚えのない顔が映っていた。

「これが、私!?」

見た感じ、年齢は五歳くらいかな？

肩くらいの長さの、キラキラ輝く銀の髪……それに、幼いけど整った顔。ちょっとたれ目でのんびりしてそうな——自分の顔だからこんなことを考えるのは恥ずかしいけど、庭で微笑みながら紅茶を飲んでるお嬢様ってとこかな？

少し可愛くとはリクエストしたけど……少しどころか、ものすごく可愛い顔になっている。

なんだか照れるけど、こんな可愛い女の子になれたのは嬉しい。今の服装は白いワンピースだけど、こんなに可愛くなれたなら、色んな服を着てみたいかも……。

でも、ちょっと若くしすぎじゃないかな？

まだ見慣れない顔を両手でムニムニしていると、鳴き声が聞こえた。

「にゃあ」

そっちを見ると、ナーティ様に渡された猫ちゃんが座っていた。

ふさふさの尻尾をぱたん、ぱたんと左右に動かしている。

「あ、ごめんなさい。あなたのこと忘れてたね」

私が抱っこすると、まったくですと言わんばかりに「なぅ」と鳴く。

か、かわいいよお。この猫ちゃんをもらえたことも、かなり幸せ……。

「そういえば、本になれるのよね？　確か……ブック！」

ナーティ様の言っていたように、子猫に声をかけてみると、空中に浮かび、本に変身した。

「おお～！　猫が変身するなんて、魔法の世界って感じ！」

私は初めて見た魔法に感動しながら、その本――もとい、本になった子猫を手に取った。

大きさは雑誌くらい。ページをめくってみると、全てが白紙だった。

「あ、そっか……」

ナーティ様が、知りたいことを文字にして教えてくれるって言っていたよね。

「何か聞いたらページに出てくるのかな。えっと……。猫さん、この世界のことを教えて？」

なんだか、スマートスピーカーみたい……。

そんなことを考えていると、ページにじわじわと文字が現れた。

《ここは魔法の世界、シャルズ。この世界では誰もが魔力を持ち、魔法の技能が全て。魔法に優れた人たちが、王族や貴族として国を治めています》

魔法に、王様や貴族かぁ……。元の世界では考えられないね。

そんな世界に転生したってことは、この猫さんだけじゃなく、私にも魔法が使えるのかな？

幸福になるように再構築するって言われたけど……特に今までと違う感じはしない。

ともかく、この子の使い方はわかった。

「あなた、名前は？」

またページの上にじわじわと文字が浮かぶ。

《女神ナーティ様より、ネルの名を賜《たまわ》りました》

「ネルっていうのね。じゃあ、ネル。この近くに落ち着ける場所はある？」

《ここからまっすぐ進んだところに、居住に適した洞窟《どうくつ》があります》

ナビ機能もあるなんて、高性能……。

「洞窟ね。わかった、もう猫に戻っていいよ」

私が言うと、ネルは本からふわふわの子猫の姿に戻った。

五歳くらいの私としては、両手で抱えるとちょうどいいサイズだ。ネルを抱っこしたまま、洞窟を目指して歩き始める。

五分ほど進むと、目的の洞窟に着いた。

確かに、入り口が木々に覆われていて、ここならゆっくりできそうかも！

「うん……いったんここにいようかな」

私は中に入ると、目についた大きな石に腰かけた。

さて……これからどうしよう？

ネルと一緒に、しばらくまったりと読書生活を楽しむつもりだけど……そういえば、森で暮らしたことなんてない。

まずは、お家を作る？　でも、家を作るのって、地面をならして、基礎を作って、木を切って……って、考えるだけで大変そう。

幸せな引きこもりライフを送るつもりだったのに、早くも不安になってしまった。

いやいや、でも慌てない。私にはネルがいるもん。

「ブック！　ネル、私、これからどうしたらいいかな？」

《食糧と住環境の確保が最優先事項であると推察します。そのためにはまず、魔法の習得が必要となります》

「魔法の習得……」

そっか、私も魔法を覚えられるんだ。

魔法……想像したらわくわくしてきた。

ナーティ様は私が幸せになれるように考慮してくれるって言ってたし、もしかしたら他の人は使えないような、すごい魔法を使えるようになっちゃったりして！

《……サキ様》

「はっ……」

何も聞いてないのに、ページの上にツッコミが浮かんでいる……。

は、恥ずかしい。つい妄想にふけってしまった。

浮かれている場合じゃないね。今はお家も、布団も、ごはんもない。

まじめに魔法を覚えなきゃ、私は幸せどころか、ここで骨になっちゃうよ！

「じゃあ……まずは魔法を覚えよう。ネル、魔法について教えてくれる？」

《魔法とは魔力を用いた能力全般を指します。魔力には属性があり、生まれ持った属性の魔法しか行使《こうし》することはできません》

「ふーん、どんな属性があるの？　あと、私の属性も知りたいな」

《属性は炎《フレア》、水《アクア》、風《ウィンド》、雷《エレクト》、土《グランド》、草《ウィード》、光《ライト》、闇《ダクネ》、空間《ディジョン》、治癒《ヒール》、特殊《ユニーク》の十一種類があります。サキ様の属性は全てです》

「全て……って、全部ってこと!?」

さらっと言われたけど、ものすごいことのような……。

「それって、普通のことなの？」

《普通ではありません。生まれ持つ魔法の属性は、平均で三つほどです。サキ様に自由に魔法を覚えてもらいたいという、女神ナーティ様のご配慮です》

「そうなんだ……」

ナーティ様、ありがとう。

心の中で呟くと、ページをめくってネルの解説を読み進める。

《魔法には、十段階の威力のランクが存在します。これに該当する魔法は【ナンバーズ】といい、この世界の魔法の基本となっています。一番下のランクで、生活で役立つ程度の威力のものを【第一《シグル》】と呼びます。この他、ナンバーズに特性を付与する【ワーズ】、属性を付与する【エンチャント】、ナンバーズ以外の【オリジナル】と呼ばれる魔法も存在します》

うわあ……急にいっぱい文字が出てきた。

「え、えっと……。とりあえず、ナンバーズの第一《シグル》ランクから魔法を覚えていけばいいのね？」

《はい。さっそく使ってみましょう》

「え？　急に言われても……」

いくら魔法の世界でも、そんなに簡単に使えるものなの？

戸惑う私にはおかまいなしで、本に文字が浮かぶ。

《まずは右手で私に触れてください》

促されるまま、白紙のページに手を置いてみた。

あれ……、少しあったかい……。

というか、あったかい何かが、ページから流れ込んでくるみたい。

《今、触れている部分から熱を感じると思います。これが魔力です。魔力はサキ様の身体にも流れています。目を閉じて集中すれば、感じ取れるはずです》

「や、やってみる」

ネルの指示通りに目をつむって、身体の中に意識を向ける。

すると、今まで感じたことのないエネルギーを見つけた。

「ネル、これのこと？」

目を開くと、本に文章の続きが浮かんだ。

《では、その魔力を手に集めて》
さっきのあったかいエネルギーを手に移動させる……そうイメージしてみると、右手がだんだん熱くなってきた。不思議な感覚……私は目の高さにかざす。
《その熱を炎に変えるイメージで、【フレア】と唱えてください》
「……フレア！」
右手の先に赤い魔法陣が浮かぶ。そこから拳くらいの炎がぽんっと飛び出して、すぐ消えた。
「で、できたー!!」
一瞬だったけど、これが魔法だよね!? 本当に私にも使えるんだ、すごい！
《おめでとうございます。魔法スキル【第一《シグル》フレア】を習得しました》
「ス、スキル？」
はしゃいでいたら、また知らない言葉が出てきた。
《スキルとは、経験から獲得する技能のことです。魔法スキルの他、武術スキル、常態スキルが存在します。常態スキルのみ、無意識かつ恒常的に発動することができます》
うう、また文字がいっぱい……。
「魔法と魔法スキルって、なんか違うの？」
《魔法は魔力・媒体・イメージの三つが揃えば発動可能であり、スキル化は必須ではありません。ですが魔法スキルとして習得することで、通常より発動の速度が速くなり、消費魔力は半分以下になります。ただし、第一《シグル》フレアのようにナンバーズとしてスキル化するためには、発動の経験を重ね、常に一定の威力にコントロールする技量が必要になります》

「え？」

思わず首を傾げる。スキル化って、思ったよりずっと大変なことみたい。

「でも、おかしくない？　私は一回やっただけでスキルになったよ？」

《それは、サキ様の常態スキルのおかげです》

「常態スキル……？」

ますますわけがわからない。

「ネル、スキルって経験を積んで覚えるんでしょ？　私、この世界に来て一時間も経ってないし、常態スキルなんて持ってないよ」

《生前のご経験により、サキ様には現時点で常態スキルが存在します。加えてナーティ様の恩恵により、サキ様のための特別なスキルも獲得されています。サキ様の常態スキルを表示しますか？》

「じゃあ、お願い」

半信半疑で見せてもらうと、とんでもない内容が示されていた。

「何……これ？」

自分では全然わからなかったのに、何個もある。しかも、すごそうな内容のものばっかりだ。

「【精神耐性《たいせい》】100％、【物理耐性】50％……⁉」

《耐性は精神・肉体にダメージを継続的に受けると獲得される常態スキルです。ダメージを受けた時間や量により、カット率が上昇します》

それじゃあ、これは私が前世で受けた虐待やイジメ、あと、社畜生活の成果？

こんなことでも役に立つのか、異世界って。痣や心の傷は前世では辛いだけだったけど、今度は私の役に立つ力に変わってくれたみたいだね。

「あとは、【習得の心得《しゅうとくのこころえ》】？」

《習得の心得は、スキル化を強力に補助する常態スキルです。これがナーティ様の恩恵であり、先ほど第一《シグル》フレアを獲得できた理由です。通常、スキル化には膨大な経験が必要となります。ですがサキ様は、一度技の発動に成功する、もしくは他者から教えられて概念《イメージ》を理解するだけで、スキルが獲得できます》

要するに、私は人より簡単にスキルを手に入れられるってことだよね？

何それ、すごい！　ナーティ様ありがとう！

「それに、【変質の才《へんしつのさい》】？」

《変質の才は、習得したスキルに改良を加え、別のスキルを生み出す常態スキルです。こちらも、ナーティ様の恩恵です》

ただでさえ簡単にスキルをゲットできるのに、さらに自分でもどんどんスキルを作れちゃうってこと？　ナーティ様、私をひいきしすぎじゃないかな？

「すごすぎて、使いこなせるか自信なくなってきた……。で、でもとにかく、どんどんスキルを習得しなさいってことだよね？　よーし、まずはナンバーズを覚えていくぞぉ！」

こうしてネルの指導のもと、魔法の練習に取りかかった。

私は一度集中しちゃうと、他のものに目が行かなくなる。

全属性の第一《シグル》ランクを習得したところで、日が暮れかけていることに気がついた。

お腹の虫がぐぅと鳴く。

「うぅ……」

そういえば、こっちの世界に来てから何も食べてない。

スーパーなんてあるわけないし。食べ物……どうしよう。

「ネル、この近くに食べられるものってないかな……？」

《この洞窟から三分ほどの場所にアポルの木があります。サキ様の世界でいう、りんごのような果実を実らせます》

「よ、よかった……じゃあ採ってこようかな。ネル、猫に戻って案内してくれる？」

私は子猫姿のネルを抱っこして、洞窟を出た。

方向を間違えると、ネルが鳴いて教えてくれる。

本当にネルがいてくれてよかった……。まだよくわからないこの世界だけど、おかげで心細くない。

ネルの教えてくれた通り、三分ほどでつやつやした赤い実がたくさんなった木を見つけた。これがアポルだよね？

「美味しそう！」

側に駆け寄って手を伸ばす。けど……五歳の身長では、一番低い枝にも手が届かない。

「ど、どうしよう……えいっ！」

私は落ちている枝を拾って、精一杯背伸びしながら振り回す。だけど葉っぱを掠《かす》めるだけで、なんの役にも立たない。

しばらく奮闘していると、ネルが「なぁ～ん」と鳴いた。

「はっ……」

振り向くと、ちょこんと座ったネルが残念そうな顔でこっちを見ている。

今は猫だけど、なんとなくわかる。

この感じ、『サキ様……』と呆れながらツッコミを入れられている気がする。

「……そうよ！　こういう時のための魔法！」

実感がわいてなかったけど、私は今、魔法が使えるんだった！　よし、練習の成果を試すぞ！

アポルの木に手を向け、唱える。

「第一《シグル》ウィンド！」

風の刃が木に飛んでいく。かまいたちのように枝を切断し、アポルの実を三つほど落とした。

「やったー!!　できたよ、ネル！」

ネルも満足げ頷いて、「にゃあん」と鳴いてくれた。

私はネルを頭に乗せ、収穫したアポルの実を抱えて洞窟に戻った。そのうち本格的に暗くなってきたので、その辺で小枝を拾い、洞窟の中で焚火《たきび》をした。おかげで夜になっても明るいし、結構あったかい。

ぱちぱちと燃える焚火の前で、アポルをかじる。味もりんごそのもので、甘酸っぱくて美味しい。

ネルも食べる？　って聞いたけど、首を横に振られた。魔法の猫だから、ナーティ様から魔力の供給を受けていて、お腹は減らないんだって。

満腹になったところで、今後のことを考えてみる。

ネルでアニマルセラピーできたおかげか、魔法を使えた達成感のおかげか……どん底だった心が少し元気になった。

でも、人に会うのはまだ怖い。コミュ障だし、人見知りだし……。

ナーティ様にリクエストした通り、しばらくこのままのんびり森で暮らしたいな。

今日はネルに色々なことを教えてもらっただけだったけど、ブックを使えばこの世界――シャルズの本なんかも読めるんだよね。

朝からのんびり読書して、ネルと魔法の練習をして、夜はきれいな星を眺めながらゆっくり眠りにつく……。はぁ、考えただけでなんて素敵で悠々自適な生活なの……。

そういえば、前の世界で子供だった頃は、楽しいことなんてなかったな。親におもちゃを買ってもらったこともないし、お小遣いもない。おかげで、友達から仲間外れにされていた。

気晴らしといえば、学校の図書室で借りた本を読むことくらい……それさえも、お手伝いと称して家事をほとんど押しつけられ、読みきれないことも多かった。

でも……私はもう自由なのだ。酒を飲み暴力を振るう親も、私をいじめる同級生も、嫌がらせしてくる同僚や部長もいない。

好きな時に起きて、やりたいことができるのだ……なんて幸せなんだろう！

私はシャルズにやって来た喜びをかみしめつつ、この森で生活していこうと決心した。


——こうして私が森で生活を始めて、早くも三ヶ月が過ぎようとしていた。

転生したての時は、森でのサバイバル生活がちょっと心配だった。

けど、ネルがなんでも教えてくれるおかげで、不自由なく暮らせている。

土《グランド》属性の魔法で家具が生み出せるとわかり、机や椅子やベッドを作った。洞窟をさらに拡張してリビングや寝室に部屋分けし、トイレやお風呂も設置してある。

「今日のごはんは何がいいかなー」

鼻歌を歌いながらドアを開ける。ドアの向こうは日当たりのいい庭みたいな感じだ。

洞窟の天井の一部に穴を開けたこのスペースでは、果物や野菜を育てている。

これは草《ウィード》属性の魔法を覚えたおかげだ。茶葉を育てて、紅茶を作ることにも成功した。

初めの一週間くらいは森の果物を食べていた。最近は狩りに挑戦していて、お肉を食べることもある。動物の解体ができるか心配だったけど、精神耐性100%のおかげか、比較的楽にこなすことができた。

家も食べ物も充実して、森の生活はさらに理想的なものになっている。

ちなみに今着ているお洋服は、ナーティ様特製だ。だから自動洗浄されて、伸縮自在なんだって。

ネルのブックのおかげで、シャルズの文化や歴史の本も読めている。毎日の読書で、文字や社会のことを勉強した。世界を救った勇者と賢者の物語の本なんかも面白かったな。

退屈もしないし、寂しくない。ずっと森で暮らしてもいいかもと思えてくる。

「にゃーん」

「あ、もうそんな時間？　じゃあ出かけようか」

ネルに促され、私はある場所へ向かう準備をする。

ちなみに洞窟の入り口には土《グランド》属性魔法で扉を作ってあり、鍵をかけてから出発する。もう洞窟というより、立派なお家だね。

しばらく森を進むと、開けた草地に二匹の熊の姿が見える。

一匹は二メートルくらいある大人の熊、もう一匹はまだ子熊だ。

「クマノさん、クマタロウくん！　お待たせ！」

二匹は顔を上げ、私のところへ駆け寄ると、頬を舐《な》める。

実は二ヶ月ほど前、この熊の親子が狼に襲われているところを助け、懐かれたのだ。

それ以来、ずっと仲良くしている。

すごく嬉しかった。異世界で、ううん……今までで、初めてできた友達だ。

ネルはもちろん大切だけど、ナーティ様が私のために与えてくれた存在だ。

自分から仲良くなれた友達は、クマノさんたちが初めてになる。

ちなみに、大人の熊がクマノさん（私命名）、小熊がクマタロウくん（私命名）。

「クマノさん、元気だった？　クマタロウくん、また大きくなった？」

私がそう言うと、二匹は軽くのどを鳴らして首を傾げる。

キラキラしたつぶらな瞳……ま、眩しいよお。

可愛さに感激していると、クマタロウ君がすり寄ってきた。

クマタロウくんはまだ幼く、大きめの子犬くらいのサイズだ。むくむくした姿にほっこりする。

背中に一筋、白い模様があるのがトレードマークだ。

私がクマタロウくんの頭を撫でると、気持ちよさそうに目をつむる。あぁ……癒されるよぉ……。

ちなみに、ネルはクマノさんたちの言葉がわかるみたいで、通訳をしてくれている。

「それじゃあ、今日もお願いします」

私はクマノさんにペコリとお辞儀をした。すると、クマノさんが後ろ脚で立ち上がる。

私とクマノさんは――組み手を始めた。

ネル曰《いわ》く、一人前の魔法使いになるには、戦闘技術が必要らしい。

まったり読書生活ができれば十分だと思っていたけど……ナーティ様が授けてくれた色々なスキルのおかげで、魔法を覚えるのは楽しい。

魔法に武術が必要なら、それも頑張ってみたいと思った。

こんな前向きな気持ちになるなんて、前世では考えられなかったな……。

そんなわけでネルの提案により、定期的にクマノさんと組み手をしてもらうことになったのだ。

これが中々大変で……手加減はしてくれているんだろうけど、やはり熊……怖いのだ。

二時間ほど組み手をしたところで、ネルがにゃーんと鳴く。

それを合図に、私たちは動きを止め、再びお辞儀をする。

クマノさんたちと出会ってから二ヶ月。初回は一撃でやられていた私も、だいぶまともに相手をしてもらえるようになった。

組み手の後は、クマタロウくんとじゃれて遊ぶ。

私がクマタロウくんをわしわしと撫でていると、ゴロンとお腹を見せて寝転がる。

ずんぐりむっくりでまん丸な姿はとても愛らしくて、頬がゆるむ。

ころころしたお腹を撫でていると、クマタロウくんはご満悦な様子でなすがままになっている。

ちょっと手を離すと、寂しそうな顔でこちらを見る。『もう撫でてくれないの？』と言わんばかりで、キュンキュンしてしまう。ついハイテンションになって、クマタロウくんをもふりまくる。

「ここ？　ここが気持ちいい？　あぁ～この毛並み、癖になっちゃうよぉ～」

クマタロウくんとの触れ合いを満喫していると、普段は大人しく私たちのことを見守っているクマノさんが、突然立ち上がった。

「クマノさん？　どうかした？」

「グルルルル……」

クマノさんが牙をむき、唸り声をあげる。クマタロウくんもどこか怯《おび》えた様子だ。

どうやらクマノさんは、茂みの向こうを威嚇《いかく》しているみたい。

私はクマタロウくんをクマノさんの側に避難させて、様子を窺《うかが》ってみることにした。

2　初めての魔物

「ネル、ブック」

こんなクマノさんを見るのは初めてだ。もしかして、未知の生物なのかも……。

「茂みに何か潜んでいるみたい。なにかわかる？」

《狼の群れと思《おぼ》しき生態反応があります。中でも、一体だけ異様に能力値の高い個体がいます。狼

が魔物化して風属性《ウィンド》を得た【ウィンドウルフ】と推測します》

「魔物化⁉」

《魔物化とは、動物の心臓が魔石化して起きる現象です。そうなると通常の動物と違った特別な能力を手にし、戦闘能力が高くなり、魔法を行使します。また、もともと群れを作る動物なら、群れを統率して襲ってくることもあります》

魔法だけじゃなく、魔物も存在するなんて……そんなの、私で勝てるの⁉

狼二、三匹くらいなら相手にできるようになってきたけど、今回は群れだ。魔物なんて、初めて遭ったし……。

茂みがガサガサと動く。はっと本から顔を上げると、狼たちが走ってきた。

「あーもう！　考える時間くらいちょうだいよ！　第二《ダブル》ライト・バリア！」

私は光属性《ライト》の魔法でドーム状のバリアを作り、自分とクマノさんたちを囲む。

数匹の狼が飛びかかってきた。吠えたり唸ったりしながら、爪や牙を突き立てる。

だけど、バリアを破ることはできない。

少しだけほっとしていると、暴れる狼たちの後ろから、巨大な影が現れた。

普通の狼たちより身体も爪も大きくて、口からは牙がはみ出している。緑色のたてがみが逆立っていて、見るからに狂暴そうだ。

あれが――ウィンドウルフ。

「グルルル……」

ウィンドウルフが唸り、襲ってくる。爪が触れると、バリアが破れた。

「きゃあ⁉」

狼たちの攻撃に耐えていたバリアが、風船を割るように簡単に弾けた。

ウィンドウルフの爪が、私に振り下ろされ、思わずしゃがむ。

「――⁉　クマノさん！」

衝撃が来ないので顔を上げる。クマノさんが、私とウィンドウルフの間に立ち塞がっていた。

クマノさんは両腕でウィンドウルフを押さえつけている。その足元には、ポタポタと血が垂れていた。

私を庇《かば》って怪我をしたんだ……。

「クマノさん！　私はいいからクマタロウくんを連れて逃げて！」

いつもなら言うことを聞いてくれるクマノさんが、私の叫びを無視して戦う。

ウィンドウルフの前脚を掴《つか》んで、投げ飛ばした。

どうしよう……クマノさんはクマタロウくんと私を守りながら戦っているんだ。

私の使える魔法は第二《ダブル》ランクまで。でも、第二《ダブル》ライト・バリアはあっさり壊された。

これじゃ、打つ手がない。だけどこのままじゃ、クマノさんが……。

不安と恐怖で、ぎゅっと目をつむる。

『――サキ様』

「え、誰⁉」

頭の中に、声のようなものが聞こえた。

『ネルです。戦闘中につき、直接思念を飛ばしています。サポートが必要ですか？』

直接――って、そんなことできたの⁉　でも、今気に留めてる余裕はない！

「ネル、ウィンドウルフを倒したい。クマノさんとクマタロウくんを守りたいの、できる⁉」

『可能です。【付与魔法《エンチャントマジック》】の行使を提案します』

「エンチャントマジック？」

そういえば、初めに魔法を練習した時に聞いたような……。

『付与魔法《エンチャントマジック》は、魔法にさらに魔法を重ね、様々な効果を……』

「説明はあとで聞くから！　やり方を教えて！」

『個体名クマノ、個体名クマタロウを、第二《ダブル》ライト・バリアで囲み、そのバリアにさらに炎《フレア》の魔力を込めます。以前にもお伝えしましたが、魔法発動に必要なのは、魔力・媒体・イメージです。今回の付与魔法《エンチャントマジック》ではバリアの魔法陣を媒体として、さらに炎の魔力を付与します。イメージするものは、サキ様の世界でいう地雷です』

「じ、地雷⁉　そんなものイメージしろって言ったって……あぁもう！　わかった！」

地雷ってことは、つまり触れたら爆発するイメージをすればいいんでしょ⁉

投げ飛ばされて倒れていたウィンドウルフが身体を起こした。こちらを血走った目で睨《にら》むと、すごい勢いで走ってくる。

『では、唱えてください。【二重付与《ダブルエンチャント》・フレアバリア】』

精一杯集中して、口にする。

「二重付与《ダブルエンチャント》・フレアバリア！」

第二《ダブル》ライトにより透明なバリアが発動する。それが赤色に変わり、クマノさんたちと私を囲んだ。

今までと違う……これが、付与魔法《エンチャントマジック》!?

飛びかかってきたウィンドウルフの爪がフレアバリアに触れる。

バリアの外側で大きな爆発が起きた。

同時にバリアが弾ける。もうもうと煙が立ち込め、ウィンドウルフが見えなくなる。

それが晴れると、ウィンドウルフはふらふらになっていた。

クマノさんがウィンドウルフを爪でなぎ払う。

ウィンドウルフはすさまじい悲鳴をあげ、よろめきながら逃げ去ると、他の狼たちもあとに続いて森の中へ走っていった。

クマノさんは安心したのか、その場でぐったりと横になった。

「クマノさん！」

私とクマタロウくんは、慌ててクマノさんへ近づく。見ると、お腹に深い傷を負っている。

「早く治さないと！」

私はクマノさんの傷口に手を向ける。第二《ダブル》で、間に合えばいいけど……。

「第二《ダブル》ヒール……」

私の手から柔らかな光が放たれ、少しずつだけど、クマノさんの傷が治っていく。

時間はかかったものの、そのうちに完全に傷が塞がった。起き上がったクマノさんが、クマタロウくんの顔を舐める。

元気そうなクマノさんを見て、ほっとする。

「よ、よかったぁ……」

『お疲れ様でした。サキ様』

頭の中にネルの声が響いた。振り向くと、本の姿のネルが、ふよふよと浮いている。

そういえば、猫に戻すの忘れてた……。

「うん、ネルもね……。それにしても、話せるなら最初から言ってよ！」

本のページがペラリとめくれ、文字が浮かぶ。

《サキ様が森での読書生活を希望しておられたので、本の姿で会話していました。この【思念伝達《しねんでんたつ》】のほうがよろしいですか？》

そ、そんな理由で……!?

「じゃあ、今度からその魔法で、直接話しかけてね……。あぁ……それにしても今日は疲れたわ。

早く帰りましょう」

私は念のためクマノさんたちを巣穴に送り届けた。それから、自分も洞窟に戻る。

部屋に入ると、どっと疲れが襲ってきた。猫に戻ったネルを抱っこしたまま、ベッドに倒れ込む。

頭の中は、今日の戦いのことでいっぱいだった。

バリアに襲いかかってくるウィンドウルフの姿がまだ目に焼き付いている。

あのウィンドウルフ、簡単に私のバリアを破った……。

今回はクマノさんの助けを借りてなんとか追い返せたけど、クマノさんは重傷を負った。それに、私たちを恨んでまた襲ってくるかもしれない。

……このままじゃだめだ。

「ネル、聞いて。明日から、魔法や武術の練習ペースを上げたいの」

『サキ様がそうおっしゃるなら。ですが、なぜですか？』

「もしウィンドウルフが現れたら、クマノさんがまた傷ついちゃう……だから、私が強くなって、クマノさんたちを守りたいの」

『かしこまりました。では現在習得を進めているナンバーズの他、ワーズの習得に着手いたしましょう』

「わ、わーず？」

そういえば、これも最初に魔法を覚える時に言われたような……。

ネルが私の腕の中で解説を始める。

『ワーズとは、ナンバーズに特性を付与する魔法スキルです。非常に高度な技術のため、全てのワーズを使いこなせる者はシャルズにもあまりいません。【魔力操作《まりょくそうさ》】の練習により、サキ様も体得可能です』

ま、魔力操作……？　聞いたことのない技術が出てきた……。

「例えば、どんなことができるの？」

『ワーズは【ア・ベ・セ・デ】に分類され、四つの意味と特性が存在します。【ア】は飛距離、【ベ】は速度、【セ】は持続性、【デ】は操作性をつかさどります。例えば、第一《シグル》フレアをより遠くへ飛ばしたい時は【ア】のワーズを付与し、【第一《シグル》・ア・フレア】として発動することで、飛距離が伸びます』

ってことは、より遠くから安全に敵を倒せたりするってことだよね！

「なんかすごそう！　さっそく教えて！」

食いつく私に、ネルが冷静に答える。

『ただし、ワーズは最低でも第三《トリル》ランクのナンバーズを使用できないと、獲得は難しいと考えられています。また、体得するためには魔力操作の練度が必要になります。魔力操作とは、魔力を精密に、かつ自在に操る技術です。身につけるには、イメージ力や精神力を相当鍛錬しなければなりません』

「な、なんか難しそうだね……」

『はい。しかもワーズはナンバーズと異なり、ランクによって威力が固定される性質の魔法ではありません。同じワーズを使っても、術者の力量により性能は大きく異なるのです』

う、ものすごく大変そう……。今まで覚えたナンバーズは低ランクだったたし、習得の心得があるからほぼ一瞬でスキル化できていた。だけどワーズはスキル化できたとしても、頑張らなきゃ上手く使いこなせないってことだよね……。

私は、今後のことを改めて考える。

だけど、やっぱりこのままじゃダメだ……。

第二《ダブル》ランクのナンバーズまで習得したところで生活に不自由がなくなったから、これで十分だと思ってた。

でも、今日わかった。シャルズで生きていくには力がないといけない。私自身のことも、大切な存在も、自分の力で守らなきゃ。だから、これから頑張っていこう……。

決意する私の隣で、ネルは説明を続ける。

『ワーズを付与すると通常のナンバーズを使うよりも魔力を消費します。また、ナンバーズのランクが上がるごとに使用が困難になっていき……』

ありがとうネル……。でも、魔物のことで疲れたから、眠気に襲われる。もう限界かも……。

今日はとりあえず、おやすみ……。

3　私の成長

――シャルズに来てから、三年が経とうとしている。

私は……ネルに聞いたところ、これで八歳になったらしい。ちょっとは、背が伸びたかな？

ちなみにネルは魔法の猫だからか、ずっと子猫のままだ。やろうと思えば大きくなれるみたいだけど、可愛いからこのままでいいかなって思ってる。

ウィンドウルフに襲われてから三年――私はネルの指導のもと、ひたすら魔法の修業と研究を重ねた。

「にゃーん」

「うん、ありがとう。もう行くから」

私はネルを抱っこして、洞窟から森へ向かう。

そこには以前と変わらず、クマノさんとクマタロウくんがいる。

クマノさんのお腹には、治癒に時間がかかったせいか傷痕《きずあと》が残ってしまった……でも組み手での手ごわさは変わっていないし、とても元気だ。

クマタロウくんも三年で立派になった。最近ではクマノさんとの組み手の後に、クマタロウくんとも組み手をしている。これが、なかなか強いのだ。

「クマノさん、今日もよろしくお願いします」

私がいつものように頭を下げると、クマノさんもお辞儀を返す。

私はふぅと息をついて、意識を体内の魔力に集中した。

「……いくね」

魔力を足に込め、走る。

私はクマノさんの背後を取っていた。

——魔力とは、単に魔法を発動させるためのエネルギーではない。

三年の研究と練習で、私はそれを知った。

魔力は身体能力の一つであり、魔力を込めるというのは、手を握る時に力を込めるのと同じことなのだ。だから、魔力を込めるとその部分の身体能力が強化される。

足に込めれば、こんな風に瞬時に移動することだってできる。

跳び上がり、クマノさんの頭を後ろから突く。しかし、読まれていたのか、右前脚で防がれる。

地面に着地すると、クマノさんに足払いをかけられる。よけて、距離をとる。

「第二《ダブル》ウィンド」

私は自分の後ろに風を起こして加速し、クマノさんに迫る。クマノさんは、左前脚を振りかざす。

「にゃーん」

ネルの鳴き声で、私とクマノさんはぴたっと動きを止めた。

あれ、まだ組み手終了の時間じゃないはずだけど……？

ネルのほうを見ると、深刻な様子で伝えてきた。

『森の先に複数の個体反応があります。狼の群れのようですが、普通とは違う大きな反応が出ています』

「ウィンドウルフ……？」

『はい、サキ様のお見込みの通りです』

「懐かしいなぁ……」

私は三年前を思い出す。思えばウィンドウルフのおかげで、ここまで強くなれた気がする。

『サポートは必要でしょうか？』

「ううん……大丈夫だよ。いつも通り、私の動きを見てて」

『承知いたしました』

さて——三年前のリベンジだよ。

ネルに教えてもらった場所で、狼たちを待ち構える。すると森から群れが飛び出してきた。

すごいスピードで、三匹が飛びかかってくる。

「もうあの時の私じゃないんだよ！」

私は手に魔力を込めて、三匹の顔に掌底《しょうてい》を打ち込む。三匹は一撃で倒れ、動かなくなった。

私の戦闘スタイルは、ネルが考案してくれたものだ。ネルは膨大な知識から様々な武術を取り入れ、一番適した戦い方を編み出してくれた。だから私はこの戦い方を【ネル流】と名付けた。

三匹がやられたせいか、他の狼たちは立ち止まり、警戒した様子でこちらを窺っている。

その一番後ろに控えているのは――ウィンドウルフだ。目に映る光景が、三年前と重なる。

あの時は敵《かな》わなかったけど……今なら戦えるよ！

ウィンドウルフが駆け出す。唸りながら口を開き、巨大な牙で私の首元を狙う。

私はよけずに立ち向かう。ウィンドウルフに掌底を繰り出す。が、よけられた。

さすが魔物化したウィンドウルフ……他の狼たちとは速さが違うみたいだね。

後方に下がったウィンドウルフは右前脚を持ち上げた。

すると緑色の風が起き、尖った爪に集まっていく。

きた！　ウィンドウルフのオリジナル魔法スキル――【風爪《ふうそう》】！

この三年間、徹底的に魔法を研究した。ナンバーズ、ワーズ、エンチャント……そして、オリジナル。

オリジナルは魔物や人間が独自に生み出した魔法のことだ。風爪《ふうそう》は爪に風《ウインド》属性の魔法を纏わせて鋭くし、攻撃力を増す効果がある。

ウィンドウルフへの対策を練るうちにわかった。三年前、私の第二《ダブル》ライト・バリアを破ったのは、この風爪《ふうそう》だ。

だけど、その対策はしっかりしているよ……。

オリジナル魔法スキルが使えるのは、あなただけじゃない。

「【飛脚《ひきゃく》】！」

飛脚《ひきゃく》は、ネルと私が考案したオリジナル魔法スキルだ。風《ウィンド》属性の魔法を足に集中し、瞬時に移動する。

ウィンドウルフの特性は高い機動性で近づき、強力な爪で近接攻撃を繰り出してくること。だからそれを上回る速度で距離を取る。

「二重付与《ダブルエンチャント》・エアロバリア」

迫ってくるウィンドウルフと私の間に、薄緑のバリアが出現する。ウィンドウルフが触れた瞬間、風が巻き起こり、身体を吹き飛ばす。

しかし同じ風《ウィンド》属性だからか、ウィンドウルフは空中で体勢を立て直した。むしろ風を利用して加速し、私に襲いかかる。

でも……作戦通り。

「四重付与《クアルエンチャント》・【悪魔ノ檻《あくまのおり》】」

爪を私に突き刺す寸前で、ウィンドウルフは黒いバリアに閉じ込められた。

悪魔ノ檻《あくまのおり》——四重付与《クアルエンチャント》によって、相手を光《ライト》属性のバリアに捕らえ、さらに炎《フレア》・土《グランド》・雷《エレクト》属性の魔法をバリア内に起こす技だ。

捕まった者は三属性の攻撃を同時に受ける。風《ウィンド》属性の魔法しか使えないウィンドウルフは、対応できないはずだ。

攻撃がやみ、バリアが解除される。体のあちこちに傷を負ったウィンドウルフが、息を荒くしてこちらを睨んでいた。

だけど……まだ戦意は失っていないみたい。

ウィンドウルフが憎々しげに吠え、風爪《ふうそう》を振りかざして襲ってくる。

「いくよ……」

これが、私の三年間の成果……。

「第四《クアル》・ベ・フレア！」

べは、魔法のスピードを上げるワーズ。

――この三年で、私はナンバーズを第九《ノナル》、ワーズを全種類使いこなせるまで特訓を重ねた。

超高速の炎の弾を連続して放つ。ウィンドウルフはよけようと動くが、間に合わない。

いくつもの火の玉が、ウィンドウルフを撃ち抜いた。

フレアを受けて、ウルフが倒れる。燃え盛る炎が消えると、焦げた死体が転がっていた。

ボスを倒された狼の群れは、怯えた様子で森の奥へ逃げていく。それを見届けて、私は大きく息をついた。

「………勝った、勝ったよ!!」

ついに私の力で、魔物を倒せるようになったんだ。これでもう、大切なものを傷つけられることなんてないね。

「勝てたよ、ネル!!」

見守ってくれていたネルを振り向くと、私をねぎらうように頷いてくれた。

『お見事でした。サキ様の完勝でございます』

「……やったぁ！」

そのあと、ネルに教えられ、ウィンドウルフの死体を処理して体内の魔石を回収した。魔石を放置すると、影響を受けて新しい魔物が生まれやすくなるらしい。

作業を終えて一息ついていると、クマノさんとクマタロウくんが近寄ってきて、顔を舐めてくれる。

「くすぐったいよぉ」

舐められながら二匹の頭に手を置く。今回はクマノさんもクマタロウくんも無事でよかった……。

「ここまで強くなれたのはネルと、クマノさんたちのおかげだね……」

クマノさんは撫でられて気持ちよさそうな顔だ。クマタロウくんも『僕も僕も』と言わんばかりに頭をすり寄せてくる。

「ふふ……これからは私がクマノさんたちを守るからね。さてと……一緒に帰ろう！」

今日はお祝いに、クマノさんたちと美味しいものを食べないとね。

前世ではやったことないけど……BBQとかしちゃおうかな。

ウキウキしていると、クマノさんが私を背中に乗せてくれた。ネルは私の肩に乗り、クマタロウくんは隣を歩く。

こうして私と三匹は一緒に洞窟に向かったのだった。

4　三年ぶりの遭遇

ウィンドウルフを倒して、一週間が経った。今日は森に出て狩りをしている。

お祝いのBBQで、けっこうお肉を消費したのだ。

クマノさんもクマタロウくんも喜んで食べてくれたので、私もいっぱい食べちゃった。

ネルに『肉の備蓄が底を突きました』と言われ、慌てて狩猟に出ることにした。

でも狩りといっても武器は使わず、森の動物を雷属性魔法《エレクト》で倒すだけなんだけどね。

「ふぅ…こんなもんかな」

一時間ほどで、猪二頭、野鳥四羽を捕獲し、解体した。

「【収納空間《しゅうのうくうかん》・食糧】」

唱えると、何もない空中に丸い穴が現れる。私はそこへお肉をしまっていく。

これも修業中に作ったオリジナル魔法スキルだ。空間《ディジョン》属性と特殊《ユニク》属性をかけあわせ、自由に物を出し入れできる亜空間を生み出した。空間《ディジョン》属性で生み出した収納スペース内は、特殊《ユニク》属性で時間を止めており、しまった肉や野菜は新鮮なまま……贅沢《ぜいたく》な冷蔵庫ってところだね。

ちなみに食糧の他に【武器】【素材】【アイテム】の収納空間も作ってある。

「よし、これでしばらくは……」

「うわあああああ!!」

私はビクッと身体をすくませた。

な、何……？　今の悲鳴、人間だよね？　今までこの森で、人間に会うことはなかったのに。

久しぶりに聞く人の声が、叫び声だなんて……。何があったんだろう。

同行していたネルが呟く。

『北西の方向ですね』

「場所……わかる？」

『把握しています。向かわれますか？』

「……いちおう、ね」

こうしてネルの案内で、声のしたほうへ向かってみると、そこでは――

「何、あれ……!?」

燃えるように赤い毛並みをした猪が、馬車を襲っていた。

『あれは猪が魔物化したもので、炎属性《フレア》を得た【フレアボア】と思われます』

フレアボア……。どうやら魔物化すると、属性に応じて毛並みの色が変わるみたいだね。

ウィンドウルフのように普通の個体より大きく、馬車をなぎ倒せそうなほどの巨体だ。赤い牙を何本も生やしていて、鼻を鳴らしながら脚を踏み鳴らしている。ものすごく獰猛《どうもう》そうだ。

馬車に穴が開いているのは、赤い猪の仕業《しわざ》だろう。赤い猪は再び突進を仕かけようと、後ろ脚で地面を蹴り、助走をつけている。

対して馬車の前には、剣を持った兵士らしき人たちが三人で立ち塞がっている。

「ネル、やばそうだよ。あの人たちだけで対処できる？」

『難しいでしょう。馬車の外にいる兵士は、見たところそれほど魔法に長《た》けてはいない様子ですから、フレアボアには敵いません。またここからでは視認できませんが、馬車の陰に負傷者が一人、馬車の中に非戦闘員が一人いると推察されます』

人と関わるのは避けてたけど、ここは助けるしかない……。

「ネル、私の魔法では何が有効？」

『フレアボアは炎属性《フレア》の毛皮で覆われ、硬い皮膚を持つのが特徴です。防御力が非常に高いですが、水属性《アクア》が弱点です。第四《クアル》ランクの特殊《ユニク》属性の【バレット】スキルを推奨します』

「わかった。第四《クアル》ユニク・バレットオープン」

私は手を銃の形にして、人差し指でフレアボアの頭に狙いを定める。

バレットは特殊属性《ユニク》の魔法だが、付与すれば別属性の魔力の弾を撃ち出せる。

弾数は込める魔力が多ければ多いほど増やせる。さらに、付与を増やすほど、様々な属性で攻撃が可能だ。

「二重付与《ダブルエンチャント》・アクアバレット」

水色の球体が二つ、ふわんと浮かぶ。

「第四《クアル》ユニク・バレットショット！」

指から水の弾が発射され、フレアボアの頭を貫通する。

フレアボアは大きな身体をぐらつかせる。ずしんと倒れると、動かなくなった。

ふぅ……と息をつく。すると、兵士の一人がこちらのほうを見ていた。

か、隠れてたつもりだったのに、ばれた⁉　私は慌てて逃げようとする。

「お、お待ちください！　あなたがフレアボアを倒してくださったのですか⁉」

背後から声をかけられ、つい足を止めてしまった。

そのまま立ち去るつもりだったのに……なんでだろう。自分でもよくわからない。

「危ないところを助けていただき、感謝する！　せめて、姿だけでも見せていただきたい！」

思わず駆けつけただけで、人と会うつもりなんてなかった。こ、心の準備が……。

だけどこんな風に感謝されたら、黙って行っちゃうのも失礼だろうし……。

私はしぶしぶ、木の陰から顔を出した。

「……女の子？」

兵士さんは、目を丸くしている。

「……あ、……う。…………はぃ」

いちおう返事はしたけど……や、やばい……。うまく話せないどころか、声が出ない。

もともとのコミュ障に加えて、三年間も人に会ってなかったせいだ。

「君が助けてくれたのですか？」

「そ、そう……で、す……」

うう、挙動不審すぎる……。

だけど兵士さんは私に向き合うと、立て膝をついて礼をとった。

「改めて、助けていただいたことを感謝します。怪我人が出ていましたし、馬車の中には主人がいたのです」

「たいしたことは……してないので……」

会話が終わり、沈黙が流れる。き、気まずい……。私がコミュ障すぎて、呆れたのかな？

そう思っていると、兵士さんが口を開いた。

「……助けていただいた立場で図々しいとは思うが、この森にある集落の場所を教えていただきたい。負傷した仲間を治療したいのです。できれば回復薬を分け与えていただくか、もしくは治癒《ヒール》属性の魔法を使用できる者がいると助かるのだが……」

しゅ、集落？　そんなこと言われても、森には私一人だし……。

「私、一人、なので……集落、ない……」

「一人？　この森に一人で住んでいるのですか⁉」

兵士さんは驚いたみたいで、大きな声を出す。

そ、それもそうか。私くらいの年の子が、単身森でサバイバルしてるなんて、普通ありえないもんね。怪しまれたかな……だけど、言ってしまったものはしょうがない。第一、本当だし。

「はぃ……」

兵士さんは信じられないという顔をした。

「そ、そうですか……」

兵士さんは下を向いて、また黙ってしまう。

怪我人がいるって言ってたし、困っているんだろうなあ……。

「あの……」

人と関わるなんて、しばらくは無理だと思っていたのに……気づくと口を開いていた。

「近くに……私の家、あるので……よければ、手当て、とか……」

「本当ですか⁉　助かります！」

兵士さんが顔を輝かせた。今気づいたけど、よく見るとイケメンさんだなぁ。赤茶の髪に、彫りの深い顔立ち……ＰＰＧの主人公みたい。

「お待ちください。今、主人を呼んでまいります！」

兵士さんはそう言って馬車の中に入る。すぐに後ろに誰かを伴って出てきた。

「私たちを助けてくださり、ありがとう」

兵士さんの後ろから現れたのは、二十代後半くらいの男の人だった。

きれいな金髪の前髪を半分アップにしていて、爽やかさと男の人らしさが半々という感じでとても好印象だ。緑色の瞳に、整った顔立ち……前世だと絶対、モデルや俳優になっていそう。

ずっと一人で過ごしていたのに、急にイケメンだらけ……私は、緊張でかちこちになる。

「申し遅れた。私はアルベルト公爵アノル・アルベルト・イヴェールの子息、フレル・アルベルト・イヴェールだ」

私は一瞬耳を疑った。

こ、公爵子息……？　公爵って確か、めっちゃ偉い人じゃない⁉

シャルズのことを勉強していた時に読んだことがある。

この森が位置している国――グリーリア王国では、魔法の実力に応じて王様から貴族の位に叙され、領地を与えられる。爵位は上から公爵、侯爵、伯爵、子爵、男爵。中でも公爵位は王家に認められた四つの家にのみ与えられ、王都の区を治めることを許されているんだとか……。

とにかく、この人は王様の次に偉い人の息子ってことだよね……？

そんな人の兵士さんにキョドって、失礼な奴だと思われたかも⁉

無礼だって首をはねられちゃったり……⁉

「し、し、失礼いたしました……」

ただでさえで緊張しているのに、公爵とか……気絶しそうになりながらも、慌ててネルを地面に下ろし、ひざまずく。

「公爵家の方々、とは知らず、お……お許しください」

フレル様が笑いかけてきた。

「そんなにかしこまらなくて大丈夫だ。それよりも、兵士を手当てする場を提供いただけるとか」

とてつもない、爽やかスマイル……。目をちかちかさせながら返事をする。

「はい……」

「大変ありがたい。では、案内を頼めるだろうか」

「わかり、ました。怪我を、した人は……？」

「それなら、担架《たんか》を作ってある！」

先ほどの赤茶髪の兵士さんが答えた。見ると、木の枝や手持ちの布で使った担架に、すでに怪我人を乗せていた。

洞窟は森の中だ。木に邪魔されて馬車は入れないので、いったん置いていくことになった。

洞窟に着き、ひとまずリビングへ通す。

「洞窟の中に、こんな家を作っているとは……」

フレル様は、驚いた様子で中を見回している。

「【収納空間・アイテム】」

私はしまっておいた和式布団を取り出して、床に敷く。土《グランド》属性魔法でベッドを作るまで、自分で使っていたものだ。

「怪我した人、ここに……」

「あ、あぁ…」

収納空間の魔法が珍しいのか……いや、お布団が珍しいのかな？　兵士さんたちは、びっくりしながらも怪我人を布団へ下ろした。

怪我をした兵士さんの傷は想像より深いみたいだった。お腹の辺りから、血がたくさん染み出ている。

さっきの兵士さんの話を聞く限り、この人たちには助ける手立てがないみたいだから……私がやるしかない。公爵家の人たちに気づかれないよう、小声でネルに尋ねる。

「ネル、兵士さんの怪我は、どう……？」

『フレアボアの牙で負った刺傷《ししょう》と思われます。第五《クイル》ランクの治癒《ヒール》属性魔法、もしくは高位回復薬での治療が必要です』

それなら、どっちもできる。この三年間、魔法を鍛えるだけじゃなく、アイテムの研究もしてきた。回復薬の開発には成功していて、ストックしてある。

でも……公爵家の人たちに変に思われて、目をつけられるのはまずい気がする。シャルズの社会常識なんてほぼわからないし、知らない間に変なことをしでかして、打ち首にされたくない……。

回復魔法を使える八歳と、回復薬を作れる八歳、どっちがマシなんだろう……。

悩んでいる間にも、怪我をした兵士さんの容態《ようだい》は悪化していく。他の兵士さんたちが必死に止血しているけど、このままじゃ治らないとわかっているんだろう。フレル様をはじめ、みんなが悲痛な顔をしている。

きっと、クマノさんが怪我した時の私と同じ気持ちだよね……。

も……もういいや、とにかく助けなきゃ！

私は開きっぱなしにしていた収納空間・アイテムから、回復薬を取り出した。

「これ、飲ませて、あげて」

フレル様に手渡すと、信じられないような顔をされた。

「これは、回復薬!?　いいのか？　このような貴重な……」

「つく、れ、るから……あげま……す」

「作れるって、これは見る限り高位回復薬だ。それを君が……」

フレル様は私と回復薬を交互に見ている。うう、やっぱり変に思われた……。

「ゴホッ、ゲホッ」

怪我をした兵士さんが咳き込むのが聞こえた。見ると、口から血を吐いている。

「はや……く」

「……すまない。助かるよ」

フレル様は怪我をした兵士さんの上体を起こすと、回復薬を飲ませていく。すると、みるみるうちにお腹の傷がきれいに消え、苦しそうな表情も落ち着いたものになっていった。

「すごい効き目だ……」

公爵家の人たちは驚きつつも、怪我をした兵士さんが一命をとりとめ、ほっとした様子だ。

今までの緊張がとけたのか、見守っていた兵士さんたちが話し始める。

「よかった、助かったようだ……でも、これで今日は目が覚めないだろうな」

「まったくだ。回復薬の効き目には助かってるが、なんで回復魔法と違って、治ったあとに疲れが出るんだろうな」

私も……そのことは疑問に思っていた。回復魔法も、回復薬も効果は同じだ。

だからその時の魔力量とか、薬のストック量に応じて適当に使い分けていた。

でもクマノさんに使った時に気づいた。回復薬で治した時は、怪我が大きいほど、身体がへとへとになるみたいだ。不思議に思ったので、研究して結論を出した。

「そ、れは……」

口を開くと、みんなの目線が私に向く。

思わず話し始めちゃったけど、注目されるの、苦手……。

視線が怖くて、私はじりじりとソファのほうに移動し、半分くらい身体を隠した。

で、でもここで話すのをやめたら、そっちのほうが変に思われるよね？

「回復魔法、と、回復薬は、実は、違ってて……回復薬は、飲んだ人の体力を使って……治る速度を、早める、から……」

急に場がしんとしてしまった。

あれ……？　どうしよう、すべった……？

どぎまぎしていると、兵士さんたちがざわつき始めた。

「回復魔法を薬にしたものが回復薬なんじゃないのか？」

「治癒《ヒール》属性がなくても回復魔法が使えるようにする薬と思っていたが……そうか、そういうことだったのか……」

「確かに、それなら筋が通る……国の研究者にも伝えなくては」

今の話、そんなにすごいことだったの!?　ただの豆知識的なつもりだったのに、知らずに話しちゃったよ！

「この理論を、君が発見したのか？　一体どうやって……そういえば、名前もまだ聞いていなかったな」

フレル様がたくさん質問してくる。他の兵士さんたちも興味深そうに、私のほうを見つめている。

気づくと全員がこちらを向いて、私が何か言うのを見守っていた。心臓がばくばくして、頭が真っ白になってくる。

「え、え……っと……」

話し始めるけど、言葉が続かない……。う……うぅ…………。

無理!!

私は耐えきれず、ソファの後ろに隠れた。

公爵家の人たちに失礼なのはわかっているけど、私には辛すぎた。

精神耐性って、人見知りとかコミュ障とか、もともとの性格には効果ないの……?

「どうやら、緊張させてしまったようです」

「こんな大人数で押しかけているのだ。仕方がないさ」

兵士さんとフレル様の会話が聞こえてくる。

ど、どうしよう。このままずっと隠れてるわけにはいかないけど、あの視線の中に出ていく勇気は、私にはもうないよぉ……。

ソファの後ろにうずくまっていると、ネルがやって来た。

「ね、ネル……どうしたらいい?」

『許可をいただければ、私が前に出て、思念伝達でサキ様のことを説明いたします』

「ほ、ほんとに? じゃあ、お願い……」

子猫のネルに代わってもらうなんて情けなさすぎる……。

だけど、大勢に囲まれてプレゼンとか、一番無理なシチュエーションだよ……。

一方でネルはぴんと尻尾を立てて、堂々とソファの前に出ていった。

◆

私は部屋の真ん中にあるテーブルにぴょんと飛び乗ると、胸を張ってしずしずと座る。

サキ様の品位を損なわぬよう、優雅に振る舞うのが私の務め。相手が公爵家であれ、それは変わらない。

『皆様、はじめまして』

「な、なんだこれは!?　声が頭の中に……」

兵士の方々は頭を抱え、動揺している。

仕方ありません。子猫の私が思念伝達などという、高度な魔法を使うとは思わないでしょうから。

私は尻尾をくるんと丸め、話を続ける。

『テーブルにいる私が、思念伝達により会話をしています』

「猫が、思念伝達……!?」

ちょうど目の前にいた公爵子息が、私を見て目を丸くしている。

一行の意思決定権を持つ人物ですから、対話する相手は彼が妥当でしょうね。

『申し遅れました。私はネル。ソファの後ろに隠れております我が主人、サキ・アメミヤのお世話係でございます。公爵子息様』

「聞いたことがある……特殊な力を持つ動物が人と心を通わせ、仕えることがあると……君が、その【従魔《じゅうま》】なのか？　初めて会ったよ」

確かに、そのような文献がありましたね……ナーティ様の使いなどとは言えませんし、そういうことにしておきましょう。

「ではネル……なぜ、サキさんはソファの裏に？」

『それを聞く覚悟があなたにおありでしょうか？』

「そ、そんなに重大な理由で隠れているのか……？」

公爵子息は怪訝そうな顔をする。

サキ様の人見知り行動を不思議がるのは無理もありませんが……問題はそこではありません。

『サキ様にずいぶん興味をお持ちのようですが、仮にサキ様の事情を聞いたとして、それを受け止める覚悟があなたにおありかと聞いているのです。負傷された方の手当てのみが目的だったのなら、何も聞かずお帰りになったほうがよろしいかと』

公爵子息ははっとした様子で、すぐに真剣な表情になった。

「……聞こう。私とて興味本位ではない。仮に先ほどの理論を発見したのがサキさんであれば、大変な才能だ。優秀な人材を放置するのは惜しい」

『かしこまりました。まず、こちらをご覧ください』

私は本に変身して、ページの上にサキ様のスキルを表示する。

ちなみにブックの魔法はサキ様のご命令を優先しているが、私の意思でも使うことができる。

《これは、現在サキ様が獲得している常態スキルの一部です》

「これは……精神耐性100％!? それに、物理耐性50％まで……。一体あの歳で何をしたらこんな……いや、それよりもなぜ正気を保っていられる!?」

公爵子息は驚嘆したようだ。

無理もありません。一般的な人間であれば、精神耐性はせいぜい5から10％といったところでしょう。

私は猫の姿に戻り、話を続ける。

『サキ様は、長らく不遇な環境で暮らしてこられたのです。産みの親でさえサキ様を虐《しいた》げ、周りの人間からは常に冷遇されてきました。馬車馬《ばしゃうま》の如《ごと》く働かされ、死を選んだほうがましと思うほどに追い込まれ……そのような扱いを受けてこられたのです』

私はナーティ様に生み出された時、サキ様の前世での記憶を分けていただいた。記憶を見たことでサキ様を愛おしく思ったが、それ以上に不憫《ふびん》に感じてならなかった。

公爵子息や兵士の方々も、複雑な顔をして聞いている。

『これほどの扱いを受けていれば、他人に恐怖を抱いて当たり前……いえ、拒絶反応を起こしてもおかしくはありません。ソファに隠れるくらいで済んでいるのは、サキ様が獲得した精神耐性100％が作用しているからです。サキ様はこういったご事情から人を避け、森に住み始めて以来、魔法の研究に励んでこられました。回復薬の理論は、その過程で発見されたのです』

「そうだったのか。急に押しかけてすまなかった……さぞ怖い思いをさせただろう」

私が説明を終えると、公爵子息は申し訳なさそうに肩を落とした。そんな彼に告げる。

『ですが、私はあなた方に感謝しています』

「なぜだ？　助けてもらったのは私たちのほうだ」

『そのことに感謝しているのです』

サキ様の過去を考えれば、人と関わりを完全に断つこともありうると考えていました。

しかしシャルズに来て初めて人と接し、しかも助けた……。

『サキ様は誰とも会わずに暮らすことをお望みでした。それが、ご自分の意思であなた方を救った。サキ様の心の回復を確かに感じとることができました……それが、私には嬉しいのです』

きっとサキ様が少しずつ自信を持ち、他人への恐怖を克服し始めているのでしょう。サキ様のために生み出された私にとって、サキ様の前進はこの上ない幸福です。

しかし、初めてといえば……こんな風に感情を自覚したのは、私も初めてかもしれません。今まで自分のことは、使命に殉じるだけの存在と思っていましたが、私もサキ様とともに成長していくのかもしれませんね。

そんなことを思っていると……俯いたまま考え込んでいた公爵子息が、サキ様の隠れているソファに向かった。

5 フレル様のお誘い

ネル……ずいぶん話し込んでるけど、何を言ってるのかな……。

私が人見知りで隠れてるってこと、プレゼンは無理だってこと、ちゃんと説明できてるかな……？

「……サキさん」

フレル様の声に、私はびくっと肩をすくめる。

おそるおそる、ソファの陰から上半分だけ顔を出した。

「サキさん、私と少し話をしないかい？」

えっ、なんで……？　ネルが全部説明したんじゃないの……？

私はソファに隠れたまま、フレル様をじっと見上げる。

「このままで……よければ……」

「構わないよ」

フレル様はそう言って微笑んだ。こんな挙動不審な私なのに、優しい……。

「ネルに聞いたが、サキさんは魔法の研究をするのが好きなんだね。今でも何か研究しているのかな？」

「……今は、ちょっと、休憩中……です。私が、興味のあるもの……もう、全部調べた……から」

「そうか……サキさん、それなら私と一緒に街へ行かないかい？」

「え……？」

街……フレル様から急に言われて、びっくりする。

そういえば、森の外に出るなんて考えたこともなかった。

「私はサキさんの研究に興味があるんだ。だから一緒に街で暮らして、色々と話を聞かせてくれないかい？　街ならではの魔法や研究も学べるはずだよ。それに……何より魔物の出る森に、子供一人でいるのは危険だ。助けてもらった立場で何を言っているんだと思われるかもしれないが、ネルの話を聞いて君を放っておけなくなった……どうだろうか？」

ネル、何を話したのかな!?　私……私……どうしよう。

森でできることはやり尽くして、研究も魔法の鍛錬も止まっている。フレル様は優しそうな人だし、一度くらい行ってみてもいいのかな。

でも……ここには、クマノさんたちがいる。それに、街に出て、人と関わって、私はうまくやっていけるだろうか……。想像してみると、前世での家族や学校、会社での記憶がフラッシュバックする。

だめだ……やっぱりまだ怖い。私なんかが、やっていける気がしないよ……。

ずっと黙っていると、困っているのがわかったのだろうか……フレル様が声をかけてくれた。

「急に決めなくても大丈夫。怪我人の容態も落ち着いたし、今日はこれで失礼させてもらおう。治療をしてもらったお礼もしたいから、一週間後にまた伺うよ。その時にでも返事を聞かせてもらいたい。一緒に来てもらえれば嬉しいが、もちろん、断っても構わない」

フレル様は改めて私に感謝の言葉を言うと、兵士さんたちと洞窟を出ていった。

「はぁぁぁ……」

人がいなくなったところで、私は大きく息をついてソファに寝転がった。久しぶりに人に会って、疲れた……心の中で色んな思いがぐるぐるして、動けない。

「ネル……なんかすごいことになっちゃったけど、何を言ったの？」

『サキ様のことを説明いたしました』

「まぁ……そうなんだろうけど……」

街……街かあ。しかも、公爵子息様と……。

シャルズに来て初めての出来事がいっぱい起きすぎて、まだ心の整理がつかない。

◆

「フレル様。あの少女をお連れになるつもりなのですか？」

御者台から、兵士のクリフが話しかけてくる。彼がサキさんを引き留めてくれたおかげで、彼女に出会うことができた。

今日はグリーリア王国の辺境を調査するために、この森を訪れたのだが、その過程で私はほとんどの魔力を使い切っていた。引き揚げようとした時、突然この地域にはいないはずのフレアボアに襲撃された……大きな被害を出さずに討伐できたのは、サキさんのおかげだろう。

「魔物から助けてもらった恩があるだろう？」

「確かに、彼女がいなければ死んでいたかもしれません……ですが、あそこまでの能力を持ち、複雑な事情を抱えている子だとは……。正直、まだ戸惑っています」

「彼女は見たところ、せいぜい七、八歳といったところだろう。そんな幼い子が精神耐性100％を獲得しているんだ……。ネルも言っていたが、拷問に近い仕打ちを受けていたに違いない」

精神耐性は一般の兵士で30％、ベテランの冒険者でも60％がせいぜいだ。それが100％などと……。

一体どんな経験をしてきたのか、考えただけでも胸が苦しくなる。

「私には子供が二人いる。あんな話を聞いたら……サキさんのような小さな子が一人で暮らしているのを、放ってはおけない。ちょうど子供たち――フランやアネットとも年が近い。父に相談してからにはなるが、ゆくゆくは私の養子としてアルベルト家に迎えても構わないと考えているんだ」

「フレル様がいくらお優しいとはいえ、そこまですることは……大変な魔法の才に恵まれているとはいえ、素性《すじょう》のまったくわからからない子供です。しかも、フレアボアを一撃で倒せるほどの実力を持っている。災《わざわ》いの種になる可能性もあるのでは……？」

クリフは私や公爵家を心配してくれているのだろう。そんなクリフに言う。

「だが……あの暗く悲しい目を見ると放っておけないんだ……」

街へ誘った時、サキさんは一瞬目を輝かせたものの、すぐに辛そうな表情になってしまった。境遇のせいかもしれないが、まだ子供なのに、どこか人生を悲観しているみたいに見える。

きっとクリフも同様に感じていたのだろう。納得したように呟く。

「確かに……。フレル様らしいですね」

こうして馬車は森を抜けていった。

◆

「はぁ……」

私はクマタロウくんのお腹を撫でながら大きくため息をついた。

フレル様たちと出会ってから、明日で一週間……。ここ数日は、何をしても心ここにあらずな日々だった……。

クマノさんとの組み手では単純なミスばかりするし、今日はクマタロウくんにまで負ける始末だ。

心配させてしまったみたいで、クマノさんにハチミツたっぷりの蜂の巣をもらった。丸ごとの蜂の巣にはびっくりしたけど……ハチミツだけ取り出して、ありがたく保管した。

『最近、ずっと考え事をしておられますね』

ネルが尻尾を揺らしながら、顔を覗き込んできた。

最初は質問されたら答えるだけだったのに、最近ではネルのほうから色々聞いてくれるようになった。特にフレル様の一件以来、話しかけてくれることが多くなった気がする。

『公爵子息に言われたことで悩んでおられるのですか？』

図星を指されて、クマタロウくんを撫でる手が止まる。

実は……ネルの言う通り、まだ決められていない。

「……ネルは、この森を出たいと思う？」

『私はサキ様の従魔。サキ様についていくのが役目です』

「もう……答えになってないよ」

いつもは何にでも答えをくれるネルだけど……今回は私が決めないといけないんだ。

本当にどうしよう……。

魔法も研究も、最近は行きづまっている感じがあった。この森でできることは全部極めちゃったのかもしれない。シャルズのことはネルに教えてもらっているけど、文字や言葉だけで学ぶのにも限界がある。

外の世界を知れば……何か変わるのかもしれない。

でも、クマノさんとクマタロウくんとは一緒にいたい……。そもそも私が本格的に魔法を頑張り始めたのは、クマノさんとクマノさんたちを魔物から守るためだ。ウィンドウルフを倒したと思ったら、フレアボアが出たばっかりだし、クマノさんたちが襲われないとも限らない。

それに、私が公爵家なんて偉い人たちと一緒にいられるの？　このコミュ障の私が知らない人と暮らしていくなんて……怖い、きっと無理だよ……。

結局考えがまとまらない。約束の日は明日なのに、出て行こうにも何も準備をしていない……。

もう、断っちゃおうかな……。いや、でもこのチャンスを逃したら、二度と街へは出ないのかも……。

うーんうーんとうなっている私の手をスルリと抜けて、クマタロウくんがクマノさんのところへ歩いていく。私も一緒に側に行って、クマノさんの頭を撫でる。

「クマノさん……私、森を出るか迷ってるの。クマノさんは、私がいなかったらさみしい？」

クマノさんは首を傾げる。ネルが通訳してくれないと、通じないよね。

――そして、次の日。

私はいつも通りにクマノさんと組み手を終えたあと、洞窟の掃除を始めた。

フレル様を迎えるための準備だ。心の準備はできていないけど……。

部屋を全部きれいにしたところで、入り口の扉がノックされた。

ほ、本当に来た……そういえば、お客さんを迎えるなんて初めてだ。今更だけど、緊張してきた。

「は、はい……」

私はおそるおそる扉を開く。

「こ、こんにちは……えっと……」

「お嬢ちゃん、この前はありがとうな！」

立っていたのは、先日怪我をしていた兵士さんだった。

名前はガスタスさん。兵士さんの中で一番長くアルベルト公爵家に仕えているそうだ。

「なんか困ったことがあれば、この辺の連中に俺の名前を言ってくれ。すぐに飛んでってやるからな！」と、言えるほどには有名らしい。

「約束通り、フレル様と一緒に来たんだが、上がっても大丈夫か？」

「ど、どうぞ……」

私がそう言うと、ガスタスさんはフレル様を呼びに行った。そしてフレル様を先頭に……なんか、想像よりずっとたくさんの人が向かってきた。

最初にフレル様が声をかけてくれる。

「やぁ、サキさん。先日は世話をかけたね。約束通り、お礼をしに来たよ」

その後ろには前の時よりたくさんの兵士さんがいて、洞窟の前に箱を運んでいる。さらに奥には、執事さんやメイドさんも控えていた。

「え……っと、これ……は？」

「街の市場にある食べ物を買ってきたんだ」

なるほど……それはちょっと嬉しいかも。

「さて、サキさんに紹介したい人がいるんだ。サキさんのことは伝えてあるから、どうか緊張しないでほしい」

フレル様の隣には、超絶巨乳美人と、ロマンスグレーのおじ様が立っている。

美人さんのほうは、きれいな顔に桃色の髪が似合っていて、まるでモデルさんのようだ。胸元の開いた大胆なドレスを着こなしていて、活発そうな人。背も高いし、スタイルもいい……私だって成長すればあれくらいになるかな……。

おじ様のほうはフレル様によく似た顔立ち……でも、フレル様より厳《おごそ》かな感じ。髭《ひげ》があるのが風格を感じさせる。

「私の妻のキャロル、父のアルベルト公爵アノル・アルベルト・イヴェールだ。二人とも、こちらがサキさんだよ」

妻……父……。つまり公爵子息夫人と……こ、公爵様ご本人!?

ご家族まで連れてくるなんて、不意打ちだよぉ……。こんな偉い人たちに囲まれては、いやでも緊張してしまう……。

かちこちになりながらも、なんとかその場にひざまずいた。

「そなたのような子供が、そんなにかしこまらなくともよいのじゃ」

「そうよ。それに、あなたみたいな可愛い子は私に気をつかわなくてもいいわ」

顔を上げると、二人とも笑顔だ。貴族といっても、気さくないい人たちみたい……。

「と、とにかく……中へ、どう、ぞ」

「あ、その前に。フラン、アネット」

フレル様が呼ぶと、馬車のほうから誰かがやってきた。

「紹介が遅れたね。私の子供たち、フランとアネットだ」

フレル様の前に出てきたのは……この世界で初めて会う子供だった。フラン様は私と同い年くらい。アネット様は、少し下かな。

フラン様はフレル様そっくりの爽やかな見た目で、すでにイケメンオーラが漂っている。ウェーブがかったキレイな金髪に、フレル様と同じ緑の瞳。微笑むと可愛らしい印象で、女の子に人気がありそうだ。

アネット様は、キャロル様ゆずりの桃色の髪に赤い瞳をしている。顔立ちは、キャロル様がきりっとした美人系なのに対して、どちらかというと可愛い感じだ。おでこを出した髪型だけど、髪の毛を編み込みにしているのが少し背伸びしている風で、なんだか微笑ましい。

「「こんにちは」」

二人はそう言って、優雅にお辞儀をする。さすが貴族の子供……。

「こ……こん、にちは」

私もキョドりつつではあるけど、ぺこりと頭を下げた。

こうしてなんとか挨拶を終えると、皆さんを部屋に通し、座っていただいた。

ちなみにフラン様とアネット様は森が珍しいみたいで、メイド数人を連れて遊びに行くとのことだった。

「早速だが、街に行くことについて考えてくれたかな？」

話し始めた途端、フレル様が、単刀直入に聞いてきた。

「……わかりませんでした」

私は俯きながら答える。

「街へ出たい気持ちも……ここにいたい気持ちもあって……決められなかった、です」

それに何より私は……まだ人が怖い。人と関わっても、いやな思いをすることになるんじゃないか……。そう思うと、決心がつかないのだ。

せっかくまた来ていただいたのに、こんな答えしか出なくて申し訳ない。

フレル様は残念そうな様子ではあったけど、笑顔で言う。

「そうか。一緒に出て、色々話を聞きたかったのだが……無理強《じ》いはしないよ」

「ごめん、なさい……」

「いいや。サキさんの気持ちが一番大切だからね」

しばらく沈黙が流れた。フレル様の横に座っていたキャロル様が、ふと口を開く。

「そういえば、フレルから聞いたわ。回復薬は回復魔法と違うと、あなたはなぜわかったのかしら？」

「それは……魔力を消費する、と仮定するなら……、つじつまが、合わないから」

「あら、どうして？」

キャロル様は私をじっと見つめ、目をキラキラさせている。

テンションが高い気がするけど、研究が大好きな人なのかな……？

「回復薬は、動物にも、効いた……けど、普通、動物に魔力は、ありません。回復薬が、魔法なら……治癒《ヒール》属性を持っていない人も、回復魔法を使えることに、なるから、おかしいな……って。だから、消費しているのは……体力と仮定して、調べたら、わかりました。回復魔法と、回復薬は、治し方が、違う……」

気がつけばキャロル様だけでなく、みんなが私の話に聞き入っているみたいだった。

「回復魔法、は……治癒《ヒール》属性の魔力で、傷ついた部分の代わりを作って、治します……。回復薬は、傷ついた部分の、治癒速度を速めて、治します……。だから、回復薬は……魔法じゃない。魔力じゃなく、飲む人の、体力を使う、の」

私が説明し終えると、みんなはシーンとしている。……また、すべった？

「あ、あの……」

「素晴らしいわ！」

突然、キャロル様が立ち上がった。

「この年で回復薬による体力消耗の理由を解き明かし、さらに回復魔法と回復薬の治癒過程まで解説できて、しかも、こーんなに可愛いなんて!!」

キャロル様が急に近づいてきて、私をハグする。

「あなたは魔法界に舞い降りた天才！　いえ、天使よ！」

ハートが舞いそうな勢いで、キャロル様がぎゅーっと抱きしめてくる。

何、何が起きてるの……？　驚いた私は固まってしまい……なすがままだった。

「キャロル。感動するのはわかるが、サキさんには丁重に接してくれ」

「はっ……そうだったわね」

フレル様に言われ、キャロル様はこほんと咳払いして席に戻った。

「すまない、サキさん。キャロルは可愛いものに目がなくて……君が気に入ったらしいが、怖がらせてしまったね」

「い、いえ……」

そうはいっても、正直、動悸《どうき》がやばい。誰かと触れ合うなんてナーティ様以来だから……人見知り的には、心が限界に近い。

「もし辛いなら、少し休んだらどうだい？　その間に、ネルと話したいことがあるんだ」

「じゃ、じゃあ……ネル、お願い。私は紅茶、淹れてくるから……」

『かしこまりました』

私はネルにその場を任せて、部屋をあとにした。

◆

先日から、新しいお客様が絶えませんね。慌ただしいことです。

『私へのお話とはなんでしょうか』

「あなたがネルなのね。それに、これが思念伝達……不思議な感覚だわ」

「本当に猫が、このような高度な魔法スキルを使っておるのか……」

公爵子息夫人に、公爵。悪人ではないようですが、公爵家という身分……サキ様の人生に大きな影響を与えることはまぬがれません。サキ様の幸せに支障の出ないよう、慎重に判断しなければなりませんね。

私がテーブルの上で目を細めていると、公爵子息が話し始める。

「これからサキさんに伝えるつもりだが、ネルにも聞いておいてほしいことがある。サキさんの境遇を聞いて、私は放っておけなくなった……父や妻とも話し合ったのだが、アルベルト家に養子として迎え入れたいと考えている」

『…………』

予想外の発言に、私としたことが、思わず言葉を失った。

『一週間前に会ったばかりのあなたが、なぜそんなことを？』

「……サキさんは、家族のあたたかさや、人と過ごす幸せを知らずに育ったんじゃないか？　その結果、子供離れした才能を身につけたのかもしれないが……あんな悲しい顔をしている子を、放っておくことなどできない」

私は首を傾げる。

サキ様は、森で暮らしている時は幸せそうな顔をされていることがほとんどだったからだ。

しかし、公爵子息は沈痛な面持ちで続ける。

「街へ行こうと誘った時の彼女は……未来を悲観したような、諦めきった目をしていた。まだ八歳やそこらの子供がしていい顔じゃない」

子息夫人も心配そうに言う。

「確かに……サキちゃんは街の話をした時、暗い表情だった。あんな小さな女の子が、森に閉じこもることを選ぶなんて……。それがサキちゃんの本当の望みならいいわ。でも違うなら、大人としてなんとかしてあげたいものね」

街に出るか否かは、サキ様が決断されることだと考えていました。しかし……本当は街に出たいのに、自身の願いを押し殺しているということでしょうか？

従魔失格かもしれませんが……そこまで思い至りませんでした。

一方、彼らはほんの少しサキ様の様子を見ただけで、サキ様の心に寄り添っている。

正直、驚きました。これが人間というものなのでしょうか……。

私だけでは……サキ様の心を癒すのに限界があるのかもしれませんね。

考えていると、公爵もおもむろに口を開く。

「わしらは公爵家として、グリーリア王国の国益を担う責務を負っておる。最初はその義務から、サキさんの才能を見定める気で来た。じゃが、今となってはただあの子が心配なのじゃ。子供が一人増えたところで、公爵家は困りはせぬぞ」

サキ様は森ではこれ以上の幸せを望めないのかもしれません。しかし、私が決めるべきことでもないはずです。

『それは……サキ様のお気持ち次第です』

「もちろんだ。だが、ネル。君の意見も聞きたいんだ」

公爵子息に問いかけられて、私は驚く。

『私の？』

「そうだ。ネルはずっとサキさんと過ごしてきただろう？　彼女はこのまま人と関わらず、森で過ごすことを本当に望んでいるのかい？」

私には……わからない。返事ができないでいると――

「きゃー!!」

突然、外から悲鳴が響いた。

6　私の責任と覚悟

「何!?」

外から叫び声がした。淹れかけの紅茶を置いて、慌てて飛び出す。

真っ先に目に入ったのは、転んでいるアネット様。

それに襲いかかる、濃い緑色をした、大きな熊……唸りながら、爪を振り上げている。

アネット様の隣にはフラン様がいる。必死にかばおうとしているけど、敵うわけない。

遅れてフレル様たちが洞窟から出てきた。

「フラン！　アネット！」

フレル様の叫びもむなしく、熊が腕を振り下ろす。

「飛脚《ひきゃく》！」

私はアネット様たちの前に移動し、右手を熊に向ける。

「第四《クアル》ライト・バリア！」

バリアが熊の腕を受け止める。う……攻撃が重い……。

バリアに少しヒビが入る。もたないと判断して、私は腕に魔力を込めた。二人を抱えてフレル様のところへ跳ぶ。

移動と同時に、バリアが砕けた。熊の爪が地面を抉《えぐ》る。

「第五《クイル》ライト・バリア」

その隙をついて、新しいバリアを張って熊を閉じ込めた。

アネット様とフラン様をおろすと、フレル様が駆け寄ってくる。

「サキさん！　すまない、ありがとう」

他にも襲われた人がいないか……周囲を見渡して確認してみる。すると、少し離れたところに、倒れている子熊の姿が目に入った。

子熊の身体の下からは血が流れていて、横たわったまま動かない。そんな……まさか……。

「あの……子熊は……？」

「お、大きな熊さんが襲ってきて……あの小さな熊さんが、守ってくれたんですの……」

私が口にすると、アネット様が震えながら答える。

子熊の背中には白い毛の模様がある……。見間違えるわけがない。あれは……クマタロウくんだ。

「ネル……、あの魔物は……？」

『あれは熊が風《ウィンド》属性を得て魔物化した、ウィンドグリズリー』

ネルは一瞬口ごもったあと、続ける。

『……元となったのは個体名クマノです』

私は呆然として、立ちつくした。

確かに……攻撃してきた時の動きが、クマノさんに似ていた。

だけど……信じられない。信じたくない。

『皆様、すぐにサキ様の洞窟に避難してください』

私がショックで動けずにいると、ネルがみんなに指示を出す。

アネット様たちを抱えたフレル様や、メイドさんたちが洞窟の中に入る。

私はその様子を、上の空で見つめていた。

「子供たちを守ってくれてありがとう。私も加勢するわ」

声をかけられて、ようやく我に返る。見ると、キャロル様だけが外に残っていた。

「……キャロル様、危ない、です」

「あら、私だって貴族だもの。けっこう強いのよ？　子供たちはフレルに預けてあるしね」

危険な時なのに、キャロル様はお茶目に笑ってくれる。だけど……今は……。

「……一人で戦わせてほしい、の」

「あら、そんなに心配かしら？　こう見えても私は……」

「友達、なの。あのクマさん……」

そう告げると、キャロル様ははっとした顔をした。

「わかったわ……でも、危なくなったら助けに入るわよ」

「ありがとう、ございます……できるだけ遠くに、離れていてください」

キャロル様に頭を下げる。そして、熊の魔物――クマノさんに近づいていく。

「ネル……魔物化したら、戻せるの？」

『………』

私の問いかけに、ネルが答えないの、初めてかも。

「正直に教えて」

『完全に魔物化しては、不可能です……』

「嘘……、そんなの……嘘だよね……？」

『サキ様……』

ネルの言うことが間違っていたことなんてない。わかってる。わかってるけど……。

「クマノさん、待っててね……私は、諦めたりしないから……」

そう言ってクマノさんに向き合う。

バリアが激しい音を立てて、破壊された。クマノさんが私に攻撃してくる。

魔物化していても、動きは変わらない。攻撃の癖を思い出して、よけながら叫ぶ。

「クマノさん落ち着いて！　私だよ、サキだよ！」

魔物化したクマノさんは、いつもの何倍も大きい。飛脚《ひきゃく》を使うけど、完全に攻撃をかわしきることはできない。振りかぶった腕が、私に当たった。

地面に叩きつけられる。身体が痛い……血も出てる。

それでもまだ動ける程度で済んでいるのは耐性のスキルのおかげだろう。

「……クマノさん、お願いだから！　私の声を聞いて！　正気に戻って！」

叫ぶ私めがけて、クマノさんが爪を振り上げる。

「第三《トリル》ユニク・バレットオープン！　四重付与《クアルエンチャント》・フレア・エレクト・ライトバレット……」

私はバレットスキルで九発の弾を出現させた。炎・雷・光、三属性を三発ずつ。

「ショット！」

クマノさん目がけて弾を放つ。攻撃のショックで、私に気づいてくれないかと思いながら……。

しかし、効果はなかった。全弾命中させたが、気に留めた様子はない。むしろさらに怒り狂って、腕を振り回してくる。

「クマノさん……届かないの？　本当に……？」

飛脚《ひきゃく》でよけきれなくなり、私に攻撃が当たり始めた。

語りかけても、叫んでも……クマノさんは私を敵としてしか見てくれない……。

もう、ダメなのかな……この世界に来てからの初めての友達……ううん、家族といってもいいほど、私はクマノさんたちが大好きだった。前の世界では考えられないくらい……二匹から優しさをいっぱいもらった……。

そんなクマノさんを倒すなんて……できないよ。苦しくて、迷って、どんどん動きが悪くなる。

クマノさんの攻撃が当たって地面に転がる。すると、倒れたクマタロウくんの姿が目に入った。

「ネル、クマタロウくんは助かるの……？」

答えはわかっているけど、聞かずにいられなかった。

『サキ様が外に出た時点で、すでに生命反応がありませんでした』

「そっか……」

クマノさん……。元に戻せないとしたら……またこんな風に、誰かを傷つけるの……？

フラン様や、アネット様を襲おうとしていたみたいに……。

私はクマノさんに、元に戻ってほしい。諦めたくない。

だけど、その思いのせいで、また誰かを手にかけてしまうなら、それなら……。

私は決意して、ネルに尋ねた。

「……ネル。クマノさんを倒すには、どうしたらいい……？」

『……よろしいのですか？』

「もし、戻れたとしても……クマタロウくんのことを知ったら、自分を許せなくなると思うから……」

『……かしこまりました。ウィンドグリズリーの弱点は炎属性《フレア》です。近距離で高火力の魔法を使うことが有効です』

私はクマノさんの腕をかいくぐると、目の前に立って手をかざす。

「第四《クアル》ウィンド」

クマノさんの足元に風を起こすと、体勢が崩れる。クマノさんは背中から地面へ倒れた。

「……第五《クイル》グランド・【枷《かせ》】」

そこに土属性《グランド》魔法を使って、クマノさんの両手脚を地面に固定する。クマノさんはもがくが、魔力を込めた土は強固で動けない。私はクマノさんに顔を近づける。

「クマノさん、本当に戻れないの……？」

クマノさんは息を荒くして暴れながら、土の拘束を外そうとする。

「クマタロウくんの代わりにはならないけど、私がいるから……元の優しいクマノさんに戻って！あなたが辛いなら、私が一緒に苦しむから……だから！」

いくら語りかけても、クマノさんは唸り声をあげるばかりだ。

『サキ様、そろそろ拘束が壊されます……』

「クマノ……さん……」

私の目から、ボロボロと涙が溢れた。

クマノさんたちとは助け合って暮らしてきた。

落ち込んだ時は顔を舐めてくれた。背中に乗せてもらって、果物を探したこともあったな。

クマタロウくんともいっぱい触れ合った。お腹、気持ちよかったなぁ……。最近の組み手はちょっとクマタロウくんが優勢だったかも……。

クマノさんたちのおかげで、私は強くなれた。そして、少しだけ自信が持てて、変われた。

私は涙でぼやける目を拭いて、ゆっくりと右手をクマノさんへ向ける。

「第九《ノナル》……フレア……」

クマノさんの下に赤い魔法陣が広がる。ナンバーズは上に高くなればなるほど威力が上がる……。それこそ、魔物を一瞬で灰にできるほどに……。

「クマノさん、ありがとね……」

魔法に集中できなくて、発動に時間がかかる。

息を大きく吸って、ゆっくりと吐く。魔力を整えて……発動まで、あと十秒……。

「楽しかったよ……本当に……ありがとう……」

発動まであと、三……二……一……。

「ごめんね……」

魔法陣から激しい炎が噴き上がり、クマノさんの全身を包む。

炎が消えたあとには……緑の魔石だけが残っていた。

終わった……。クマノさん、クマノさん……。

私は魔石を拾って、ぎゅっと握りしめる。

「あぁ……うぅ……クマノ、さぁん……」

涙が止めどなく流れてくる。ネルみたいにお話をしていたわけではない。でも、友達だった。大好きだった。

そんなクマノさんを、私が……。

『サキ様……やむをえないことでした……』

「わかってる、わかってるの……。でも、私……もうこの森にいられないよ……」

クマノさんやクマタロウくんのいない森で、今まで通りに暮らせるわけがない……。二匹はもういないのだと思うたびに胸がしめつけられる……。

そして、私は大泣きした。クマノさんとの思い出の全てが、悲しみに変換されている。

「サキちゃん……」

遠くから見守っていたキャロル様が、私のところへ駆け寄ってきた。

「キャロル、様……」

涙でくしゃくしゃの顔で俯く。そんな私をキャロル様は優しく抱き寄せてくれた。

「辛かったわね、よく頑張ったわね……」

私はキャロル様にしがみついた。キャロル様は貴族。それはわかっている。きっと、とても失礼なことをしている。でも悲しみを抑えることができなかった。

「うぅ……ぐす……あぁぁぁぁ！」

私が落ち着くまで、しばらく時間がかかった。

「フレル様、すみません……。キャロル様に、慰めてもらって。アネット様とフラン様、大丈夫、でしたか？」

私はキャロル様に連れられて、フレル様の前にいた。

「いや、私たちのほうこそすまない……。事情はネルから聞いた。子供たちがいたから、討伐を急いだのだろう？」

それも、理由の一つかもしれない……。でもそもそもネルが言った通り、クマノさんを元に戻すことはできなかったんだろう。

それに、クマタロウくんのこともあった……。こうするのが……きっと最善のことだったんだと思う……。

だけど、心が潰れそうだ。こんなことがあっては……私はもう、この森では暮らせない。

「今回のことで、決めました……。私、もうここには、いられ、ません……」

「そうか……では、これからのことは考えているのかい？」

「……」

今のところ、何も思いつかない。黙っていると、後ろから声がした。

「それじゃあ、私たちと来るしかないわね！」

「ひゃぁぁぁぁ!?」

キャロル様がいきなり背後から私を抱きしめ、持ち上げる。びっくりして変な声が出た。

「キャロル……」

「はっ……」

フレル様にたしなめられたキャロル様は、咳払いをする。私を地面に下ろすと、しゃがんで目を合わせてくれた。

「サキちゃん。私たちのこと、嫌いかしら？」

「そ、そんなことは……ない、です……」

「じゃあ、一緒にいましょうよ」

「でも、急にお世話になる、なんて、迷惑に……」

すると、フレル様も優しく言ってくれる。

「迷惑になんてならないさ。聞きたい話がたくさんあると言っただろう？　サキさんが辛くなったら、離れればいいんだ」

「わ、私……」

人は、まだ怖い。だけど、この人たちなら……信じられる気がする。

足元にいるネルの顔を窺うと、私を見上げ、伝えてきた。

『サキ様。一緒にいたいのなら、言えばいいのですよ。ナーティ様もおっしゃられていたでしょう』

――好きに生きていいんですよ。

ナーティ様の言葉がよみがえった。そうか……、私は好きに生きていいんだ。

もう、前世とは違う。

ナーティ様から恵まれた才能をいただいた。

クマノさんとクマタロウくんがきっかけで、力をつけ、勇気と自信を手に入れた。

きっとこの出会いも……ナーティ様とクマノさんたちがくれた、幸せへの一歩なのだ。

「……ょ」

私が俯きながら言うと、みんなが顔を覗き込んでくる。

「「よ?」」

「よろしく、お願いします……」

勇気を振り絞って伝えると……フレル様、キャロル様、公爵様も、みんな笑顔になってくれた。

こんなに喜んでもらえるなんて……嬉しい。

クマノさんのおかげで、私は次の一歩を踏み出す勇気をもらえた。

これからクマノさんたち以上の友達はできないかもしれないけど……新しい人生を進み始めたんだと思うことができた。

7　公爵家の人たちと

洞窟から少し離れた場所で、土属性魔法《グランド》を使う。そこに、クマノさんとクマタロウくんのお墓を作った。木漏れ日のきれいな、私のお気に入りの場所だ。

クマノさんの魔石は、クマタロウくんと一緒に埋めてあげたかった。だが、ネルが言うには、魔石は自然の中に置いておくと、影響が大きいらしい……魔物が増えることもあるって、前に言ってたもんね。

魔石はお守りとして、私の収納空間に取っておくことにした。

洞窟の荷物もまとめて収納空間にしまい、出発の準備を整える。

ネルを抱っこして馬車に乗ろうとしたら『移動中はサキ様が公爵家の皆様と交流を深められるよう、思念伝達を控えさせていただきます』と伝えられた。「心細いからやめて！」と言ったんだけど、そこから普通の猫ちゃんに戻ったかのように、何も言わなくなってしまった。

だんまりなネルを抱えて馬車に乗り込むと、キャロル様とアネット様に挟まれて座ることになった。

な、なんで……？　端っこじゃだめかな……。

ちなみにすぐに王都に戻るわけではなく、他に用事があるそうだ。

本当は用事が終わってから一緒に行ってもいいんだけど、森には辛い思い出ができてしまった。それにネルも言っていた通り、公爵家の人たちと仲良くなれるよう、私も一緒に行かせてもらうことにした。

馬車が進み始めたところで、キャロル様が口にする。

「さて、サキちゃん。改めて紹介するわ。息子のフラン、娘のアネットよ。フラン、アネット、一緒に屋敷に住むことになったサキちゃんよ。仲良くしてね」

「よ、よろし、く……」

二人が私のことをじーっと見る。急に決まってしまったけど、受け入れてもらえるかな……。

「助けてくれてありがとう、よろしくね」

フラン様がふわっと笑う。うっ、この爽やかスマイル、フレル様にそっくり……。

「サキさん、アネットもお礼を申し上げますわ！　よろしくですの！」

アネット様もちょっと舌足らずながら、一生懸命に挨拶してくれる。

よ、よかった……いじめられたりはしなさそうだ。

ほっとしていると、アネット様がもじもじしているのに気づいた。

「サキさん……あの、サキお姉さまと呼んでもいいですか？」

アネット様がおそるおそる聞いてきて、ひっくり返りそうになった。

「お、お姉さま…⁉　そんな、私なんて呼び捨てで……」

「いけませんわ、呼び捨てなんて！　風のごとくさっそうと駆けつけ、魔物から守ってくださったあの時から……アネットは、お姉さまのとりこでしたの！」

力強く言うアネット様の勢いにびっくりして、思わず隣に座るキャロル様にしがみつく。

はっ……やってしまった。一緒に暮らすといっても、キャロル様は公爵子息夫人。失礼をしたら打ち首かもだよ。私は慌てて手を離した。

「キャ、キャロル様……ごめんなさい」

だけどキャロル様は平気な様子で、私の肩を抱き寄せる。

「気にすることないわ。家族になるのだから、私のことは母と思ってもらわなくちゃ」

「えっ……？」

私は驚きのあまり、しばらく何も言えなかった。家族になるって……どういうこと？

するとフレル様が、真剣な顔で口を開く。

「サキさん、すまない。話すのが遅れてしまったね。君のことを、いずれアルベルト公爵家の養子として迎えたいと考えているんだ」

「え……ええーー⁉」

私は前世も含め、今までで一番大きな声を出してしまった。

「わわわ私が、公爵家の……養子⁉」

頭がパニックになっている。一緒に暮らすといっても、てっきり立場は使用人みたいなものだと思っていた。

ただの森ガールが急に貴族の養子になるなんて、ありえないよ……。

「サキちゃん、落ち着いて」

「む、むりですぅ……私が、貴族なんてぇ……」

貴族の仕事については、本で読んだことがある。領地の代表として振る舞い、領民の暮らしを気遣い、他の貴族とも良好な関係を築いて……ってコミュ力必須の職業じゃない！

突然の事態に涙目になっていると、キャロル様はなぜか私の顔をじーっと見つめ、ほくほくした顔で微笑む。

「サキちゃん、泣き顔も可愛いわぁ」

「キャロル……」

ほっぺをつついてくるキャロル様を、フレル様がたしなめる。

半泣きの私を見かねたのか、アノル公爵様が口を開いた。

「まだ子供なのじゃ。貴族の責務など負わさぬから、心配することはない」

そう言われてもまだ困惑している中、またキャロル様が突拍子もないことを言い出した。

「そんなことより、サキちゃんの呼び方を決めましょうよ！」

呼び方……？　いや、養子のことに比べれば、そっちのほうが「そんなこと」なのでは……!?

「サキちゃんは何歳になったのかしら？」

「えっと、八歳、です」

「あら、それじゃ、フランと同い年ね。ならフランとサキちゃんは呼び捨てでいいかしら。はい、呼んでみて」

そ、そんな……急に言われても……。

私は向かいに座るフラン様を見る。フラン様は、さっきのようにふわっと笑みを浮かべた。

「サキ」

さ、爽やか……。眩しい……。

こ、これじゃ私だけ呼ばないわけにいかないよ。抱っこしたネルで、少し顔を隠しながら言う。

「フ、フラン……」

口にした後、恥ずかしすぎてネルのもふもふに顔を埋《うず》めてしまった。

なんとかネルから顔を上げると、キャロル様とアネット様が目を輝かせて待ち受けていた。

「アネットはお姉様と呼ぶのよね？」

「はい！　サキお姉さまにはアネットのことも呼び捨てにしていただきたいですわ」

アネット様は頬を上気させ、目がキラキラしている。そんなに期待されると、裏切れない……。

「ア、アネット……」

「はい！　はいですわ！」

ただ呼んだだけなのに、アネットははしゃいだ様子で私に抱きついてくる。

「こんな可愛いお姉さまができてアネットは幸せです！　ね、お兄さま？」

「う、うん、そうだね……」

フランも照れていたのか、顔を赤くして言う。

フレル様とキャロル様が、私たちを微笑ましそうに見守っている。キャロル様は、どちらかというと、ニヤニヤしてるけど……。

なぜか急に呼び方が決まったところで、キャロル様が話し始める。

「さてと、サキちゃん。お義父《とう》さまも言われていた通り、養子と言ってもあまり気にしなくていいの。この国の貴族の養子という立場って、少し変わっているのよ」

そうだ……呼び捨てタイムで話の腰が折れてたけど、養子の話をしてたんだった。

「シャルズは魔法が全て。中でも国の領地を預かる貴族は、高い魔力や魔法技術を持っているのが絶対条件なの。弱い貴族が治めていたら、領地が襲われてしまうものね。だから強い魔力を持つ者同士で婚姻し、力を強めてきた——ただし、魔力の素質は必ず子供に引き継がれるわけではないの。そこで、生まれたのが養子制度ね。たくさんの養子を迎え入れたおかげで、グリーリア王国貴族の魔力は大幅に強化されたわ」

つまり、魔法がすごい子が貴族の養子になるのは、シャルズでは当たり前ってこと？

キャロル様はさらに続ける。

「統治力は十分強化されたから、最近は養子制度の捉え方も変化しているの。昔は跡継ぎのための養子を探したものだったけど、今はその子の自由を奪うことがあってはならないという考え方が主流ね。だから養子は様々な道を選ぶわ。冒険者になったり、商人や職人として有名になる子もいる」

「養子は、好きにしていい……ってこと？」

貴族の養子になったら、育てた恩を忘れるなって感じで、重責に縛られるイメージだった。思ったより重たい制度じゃないみたい。

「ええ。跡を継がないにしても、養子が有名になったのなら、育てた貴族の名も上がるってものよ」

じゃあ、貴族が才能のある子を育てる制度くらいに考えればいいのかな……。そこまで重荷に感じなくてもいいのかも……。

そう思っていると、キャロル様が残念そうにつけ加えた。

「ただ、貴族によっては悪用する者もいるのよね。お堅い貴族なんかは養子を差別することもあるし……養子に人体実験をして、魔力を強化しようとした事件もあったわ」

「ひっ……」

人体実験という言葉を聞いて、私は身をすくめた。虐待の記憶がよみがえって、鳥肌が立ち、身体が震える。

キャロル様たちはそんなことしない……出会ったばかりだけど、いい人たちだとわかっている。でも、辛い記憶が未だに心に刻まれているのだ……。

私の反応を見て、キャロル様はハッとした様子で抱きしめてくれた。

「ごめんなさい、嫌なことを思い出させたわね。サキちゃんが辛い過去を持ってるのはわかっているのに……！　私たちは絶対そんな目には遭わせないわ。少しずつでいいから、慣れていきましょう。ね？」

キャロル様の温もりに包まれて、私の震えは収まっていった。

すると、今度はフレル様が口を開く。

「養子を迎えられるのは当主だけなんだ。サキさんを正式に養子とするのは、私がアルベルト公爵位を継いだ後のことになる。それまで少し時間に余裕があるんだ。もちろんサキさんの気持ちを優先するが、しばらく一緒に過ごしながら考えて、答えを聞かせてくれないかい？　いきなり私たちを家族と思うのは難しいだろうしね」

「……はい」

フレル様は私の返事を聞くと、優しく頭を撫でてくれた。

「それと、これだけはわかってほしい。サキさんの才能は素晴らしいが、それを目当てに養子にしたいわけじゃない。君と家族として一緒にいられたら嬉しいと思っているよ」

公爵家の養子に選ばれるなんて、きっとすごいことだと思う。跡継ぎになることもあるっていうから、一般の人からすれば身分が一変して、うらやましいものなのかも。

公爵家の人たちはみんな優しいし、本当は何も迷うことなんてないんだろう。

でも……私はまだ、家族というものが怖い。こんなによくしてもらっておいて勝手なのかもしれないけど……。


向かっている街まではまだだいぶ距離があるらしい。さっき、途中で野営をするという話を聞いた。

私たちは馬車に揺られて進んでいく。

「お姉さま、魔法は自分で覚えられたのですか？」

「う、ううん……。ネルが教えてくれた」

「ネルとはこの猫さんのことですわよね？」

「そ、そうだよ？」

そして――私はさっきからアネットに質問攻めにされていた。

なんでも、あまり屋敷の外へ出ないので、森で暮らしていた私にすごく興味があるんだとか。

「お姉さま、魔法はどのくらい使えるのですの？」

「どのくらいって……？」

「ナンバーズのことですわ！　使用できるナンバーズのランクは、魔法使いの強さの指標ですもの」

そういうものなんだね……。

私は第九《ノナル》までのナンバーズをスキル化している。

本当は第十《デキャル》まで覚えたかったんだけど、ネルに聞いたら森を出る必要があると言われたんだっけ。あの時は森から出たくなかったから諦めたけど、そのうち覚えることができるようになるのかな……。

そういえば、シャルズの魔法のレベルってどのくらいが普通なんだろう……回復薬のことでびっくりされたので、用心してアネットに探りを入れてみる。

「アネット……は？」

「この前、第二《ダブル》の発動ができましたわ」

アネットは得意満面な様子で答える。

へ、第二《ダブル》？　そういうもの……？　私は第九《ノナル》まで……いやいや、でもアネットは、私より二つ年下だし。

「フ、フランは……？」

「僕は第三《トリル》までは発動できるけど、スキル化できているのは第一《シグル》までだよ」

ええ⁉　フランが第三《トリル》までってことは……私が第九《ノナル》まで使えるのって……。

私は思念伝達でネルに話しかける。

これもネルから教えてもらい、習得の心得のおかげでスキル化済みだ。

『ネル……シャルズの一般的な八歳の魔法って、どのくらいのレベルなの？』

『一般的には、八歳で第二《ダブル》を発動可能かどうかというところです。スキル化にいたっては、第一《シグル》を習得している者も極めて稀《まれ》でしょう。フラン様、アネット様は魔法に優れた貴族の血統ですから、一般の同世代よりも大変才能があります』

『じゃあ、私は……他の子たちよりすごいどころか、おかしいレベルじゃない！　なんで教えてくれなかったの！』

『サキ様がどんどん先に進めろと言われましたので』

ネルはしれっと答えてくる。

私は呆然とした……これは、私は規格外というやつだ。

「それで、お姉さまは？」

アネットが興味津々に聞いてくる。

「う、うーん……」

正直に言っても大丈夫なのかな……。私の魔法のレベルが異常だと知っても、公爵家の人たちは変わらずに接してくれるだろうか。せっかく一緒にいることになったのに、前世みたいに避けられたり、いじめられたりしたくない。

「アネット。サキちゃんにあまり質問ばかりするものじゃないわ」

言い渋る私を見て、キャロル様がアネットをたしなめた。

「うっ、わかりましたわ……」

アネットは聞くのをやめてくれたけど、しゅんとした様子で、黙ってしまった。

そんなにしょんぼりされたら、放っておけない……。

「アネット……今日、お泊まりする時に、またお話、しようね？」

「……はい！　はいですわ！」

アネットは嬉しそうに返事をした。


すっかり夜になってしまってから、野営地にする予定の草原へ出た。改めて見回すと、たくさんの人がいた。

執事さんやメイドさん、兵士さんもいるから当然だよね。この人数分、今からテントを張るのか……。兵士さんたちは歩きながら護衛してきたわけだし、へとへとなんじゃないかな……。

「あの、キャロル様。私、魔法で家を作っても……いいですか？」

一緒に連れてきてもらったんだから、少しでも役に立たないと……そう思って声をかけた。

「あら、お家って、サキちゃんが入れるくらいのかしら？　もしかして、テントじゃ寝られない？

なら、お手伝いしてもらいましょうか。サキちゃんの魔法ももっと見てみたいし」

キャロル様にニコニコと言われて、私は誰もいない草原へ右手を向ける。

「三重付与《トリルエンチャント》・ハウスクリエイト」

草原に土が盛り上がって、建物が生み出されていく。二階建てで、部屋が八つある小さなアパートくらいの大きさだ。炎属性《フレア》と水属性《アクア》を付与したので灯りもつくし、お風呂も使える。

「っ、これは……？」

キャロル様はぎょっとした様子だった。私と私の作ったアパートを交互に見て、顔をこわばらせている。

周りのメイドさんや兵士さんたちもざわざわとアパートを見上げる。

「この建物をこれほどの速さで構築するなんて……」

「魔力量の桁が違うわ……」

「こんなこと、大人でもできないぞ」

あ、やってしまった……。役に立たなきゃと思って、張り切りすぎた。

反応からして、きっと異常だったんだろう……。ナンバーズのランクだけ隠せばいいと思ったけど、こんな派手な魔法を使ったら、変な目で見られて当然だ。

みんなが私のほうを向き、驚いた顔をしている。

だって私は普通じゃないから……キャロル様も、そう思うのかな？

キャロル様に目を向けると、フレル様に何か話しているところだった。二人が一緒に私のところへやって来る。

「サキさんがこの建物を作ったのかい？　一体どうやって……」

「土と炎と水の、付与魔法《エンチャントマジック》、です」

「付与魔法《エンチャントマジック》!?　しかも、三重付与《トリルエンチャント》……普通では考えられないことだが……」

フレル様も、先ほどのキャロル様のように険《けわ》しい顔をしている。

せっかく一歩踏み出せたのに……私はまた拒絶されちゃうようなことをしてしまったのかなあ……。幸せになるって言ってたのに、無理だったんだろうか。

私は絶望しそうになる。だけどぎゅっと目をつむって、思いとどまった。

いや……クマノさんが私にくれた機会を、簡単に諦めちゃダメだ……。勇気を出して、今の私を受け入れてもらわないと！　正直に魔法のこと伝えてみよう。

私は、思い切って告げる。

「おかしい、と思うかもしれないけど……みんなの役に立ちたくて、作りました」

「サキさん……その気持ちは嬉しい。しかし、これからこんな規模の魔法を使う時は、私かキャロルに言うんだ。魔力切れで倒れたらどうする」

フレル様が眉根を寄せ、真剣な面持ちで言った。

私は、言葉を失った。

フレル様は気味悪がっていたんじゃない。魔力切れの心配をしていたんだ……。

魔力切れは、保有している魔力を使い切ってしまった時に起きる症状だ。

イメージ的には、フルマラソン完走後に、さらに全力で百メートル走したあと、って感じかな……。

とにかく、身体がへとへとになるのだ。息切れはひどいし、身体中に重りをくっつけたような感じだ。

私が初めて第九《ノナル》の魔法を発動した時は、動けなくなって、クマノさんに洞窟まで運んでもらったっけ……。

キャロル様も、必死な様子で言ってくれる。

「サキちゃん、さっきは驚いたけど……あなた、辛くはないの⁉　これだけの魔法を使ったら疲れくらいは出るでしょう？」

二人とも、私を心配してただけだった。……気味悪がられたわけじゃ、なかったんだ。

なんていうか……不思議な感じだ。

前の世界では誰かに心配されるなんてこと、なかったから……。

病気になった時も、怪我をした時も、親が私に寄り添ってくれることはなかった。

でも、この人たちは……自分の子供でもない私を、こんなに心配してくれているんだ……。

「サ、サキさん……何を泣いているんだい⁉　やっぱり、魔力切れが辛いのか⁉」

フレル様に言われて気がついたが、私は泣いていた。

「ち、違うの。心配なんて、されたこと……なかったから。せっかくの養子の話も、まだ返事してないのに……」

「サキさん。心配なのは当たり前だ。養子かどうかなんて関係ない。君はもう、家族のようなものなんだから」

なんて温かい言葉だろう……。この人はきっと、兵士さんやメイドさんたちにも同じ優しさを向けてるんだろうな。私は……フレル様に隠し事はやめようと決めた。

アパートの部屋割りが決まると、食事の準備が始まった。火が焚かれ、周りに折り畳み椅子が置かれる。

それを中心として、それぞれが肉や野菜を切ったり、食器の準備をして働いている。

私も、何か手伝わないと……。

「お姉さま、どこに行かれるのですか？」

座っていた私が椅子から立ち上がると、横にいたアネットが声をかけてきた。

「約束通り、アネットとお話ししてくださいませ！」

アネットは私を引っ張ると、ふたたび椅子に座らせる。自分の椅子もずずずっと引きずってきて、目の前に腰かけた。

「お姉さまはどうやって魔法の練習をしましたの？　アネットもお姉さまのようなすごい魔法を使

いたいですわ！」

アネットが興奮した様子で尋ねてくる。こんなにワクワクして聞かれると、つい答えたくなっちゃうな……。

「私は、魔力操作の練習をしてた、よ」

「魔力操作？」

「うん……魔力操作をしっかり練習すれば、そのうち、ワーズも使えるようになるの……。それじゃ、アネットにも、一つ、教えてあげる」

アネットと二人で、焚火から少し離れたところに向かう。

「アネットは、何属性の魔法が使いたい？」

「えーと、私の使えるものだと……まず炎《フレア》属性がいいですわ！」

「炎、ね……第一《シグル》フレア」

唱えると、両手の間に拳大の火の玉が生まれた。

「これ、できる？」

「それくらいアネットにもできますわ！　むー……フレア！」

アネットの両手の間にも、ぽんっと火の玉ができる。威力は第一《シグル》くらいだけど、まだスキル化していないんだったよね。

「できましたわ！」

嬉しそうに目を輝かせているアネットに、続きを教えていく。

「じゃあ、そのフレアを、こうする……」

私は魔力を操作して、火の玉を長細く伸ばしていった。アネットは目を丸くしている。

「な、なんですの⁉」

「魔力を操作して……火の玉の形を、変えるの」

そう言って、私は細長く伸ばした炎をリボンの形に結んでみせた。

「や、やってみま……あっ」

アネットのフレアがしゅう…と消えていく。

この練習は炎を維持するために魔力を注ぎ続けるのと同時に、形を変えるための魔力操作を行う必要がある。片方にだけ集中してしまうと、上手くいかないのだ。

私が練習を始めた時も、形を変えようとするたびに消えてしまうから大変だったな……。

「もう一回ですわ！」

アネットはめげずにフレアを出すと、やっきになって練習していた。

可愛いなあ……。妹がいると、こんな感じなのかなぁ。一生懸命に私の真似をするアネットが、愛おしく思えた。

食事が終わると、キャロル様、アネットと一緒に部屋に入った。アネットは魔法の練習で疲れたのか、すぐに眠ってしまう。

「ふふふ……あんなにはしゃいでるアネットは久しぶりに見たわ。サキちゃんのおかげね」

「キャロル様……みなさんに、お話が、あるの」

私は、キャロル様に頼んで部屋を移る。そこにフレル様とアノル様を呼んでもらった。

「今から話すことは、ネルしか知りません。でも、ほんとのことだから……信じてほしい、です」

みんなに私の魔法のレベルを打ち明けようと決意した。

話すことでみんなの態度が変わらないか、怖くないといったら、嘘になる……。

でも、私の魔法が特異なものだとわかった以上、迷惑をかけたくない。

「サキちゃんの言うことなら、なんでも信じるわ。ゆっくりでいいから話してみて」

キャロル様がそう言うと、みんなも頷く。

「私の魔法について……です」

私は、意を決して話し始めた。

「隠してて、ごめんなさい。私は、ナンバーズを第九《ノナル》のランクまで使えます。属性は、全て持っていて……付与魔法《エンチャントマジック》のほかにも、色々なことができます」

「全属性の第九《ノナル》……だって⁉」

フレル様は、ぎょっとした顔をする。アネットやネルに聞いた通り、私の魔法は、普通ではないのだろう。

「私は人とは違うから、本当のことを言ったら、みんなに嫌われちゃうと思って……」

勇気を出して伝えるが、身体が少し震える。

「だから、隠しちゃいけないって思ったけど、言えませんでした……。でも、もし私の存在が迷惑なら、養子の話も、なしにしてくれていいです……」

隠していたのを怒られたり、前世みたいにのけ者にされたりするかもしれない……。それに、せっかく仲良くなれたのに、もう一緒にいられなくなるかも……。

でも、この人たちには嘘をつきたくない、隠し事をしたくない。

私はその気持ちを、三人にぶつけた。

話を終えると、みんなが静まり返っていた。無言の時間が、恐怖を駆り立てる。

拾った子供が、予想を超えた化け物だったと知り、驚いているんだろうか……。

「サキさん……」

フレル様に呼ばれ、心臓が大きく跳ねた。目をぎゅっとつむって身構える。

だけど、予想外の感触があって、目を開けた。

「ありがとう、よく話してくれたね……。君はとても賢く、優しい子だね……」

フレル様はそう言って私を抱きしめ、頭を撫でてくれた。

私……悪いほうにばっかり考えてた。フレル様たちはこんなに大切に考えてくれているのに、私が受け入れられることに慣れてなかったんだ……。

気がつけば、また涙を流していた。それをキャロル様が、ハンカチで優しく拭いてくれる。

「サキちゃん、そろそろ眠たいでしょ？　アネットの横で寝るといいわ。私たちは、明日の旅程を相談するから」

「そうだな。サキさん、先に眠っていなさい」

「わか、りました……ありがとう」

フレル様とキャロル様に言われ、私はアネットの眠る部屋へ戻った。

◆

「今の話、どう思う？」

「信じがたいわ……でも、実際に目の当たりにしてはね」

私――フレルが尋ねると、キャロルも父上もそれぞれ深刻な顔をしている。

グリーリア王国に仕える一級魔術師や最高ランクの冒険者でも、発動できるのは得意な属性で第七《セプル》、一つの属性に心血を注ぎ込んでも第八《オクル》くらいだろう。それが、八歳で第九《ノナル》のランクまで発動可能にしているなど聞いたこともない。考えられるのは……。

「人体実験……」

私がそう呟くと、キャロルは口に手を当て、気分の悪そうな表情をした。

私も不快だ。強い魔術師を生み出すため、実際に人体実験を行った貴族がいることも知っている。人の理《ことわり》に反するとして、王が禁じたはずなのだが……。

「でも、サキちゃんが人体実験の被験者だとしたら、あの耐性スキルの高さにも納得がいくのよね……」

ネルからも、死を選んだほうがましと思うような、拷問に近い仕打ちを受けてきたと聞いた。

「屋敷に着いたら、至急王家へ書状を出す。サキさんのような子たちがまだ他にいるのなら、即刻やめさせなければならない。サキさんのことは、王家にだけは報告しよう。第九《ノナル》が使えるとなれば、悪用を企む輩《やから》に狙われたり、危険な事態にも巻き込まれかねない。民思いな陛下のことだ、きっと保護を指示するだろう。それをうちで担えるよう、嘆願することにしよう。どうだろうか？」

「初めからそのつもりよ。サキちゃんの魔法がどうだろうと、家族になりたいっていう提案を撤回するつもりはないわ」

キャロルは強い調子で言う。私も同意見だが、別の思いもあった。

「しかし……サキさんがもし公爵家にいられないと言うのであれば、私は止めないつもりでいる」

「……そうね。話を聞くたびに、あの子を貴族という枠にはめていいのかわからなくなるわ」

私たちの迷いを引き取るように、父上が言う。

「あの子は自由なのじゃ。しかし、サキさんがうちの養子になりたいというのなら、最高の家族として迎えようではないか」

父上と一緒に部屋へ戻り、フランの寝顔を見て、少し安堵する。

我が子がそのような実験台にされるのを想像するだけで反吐《へど》が出る。この先の人生で、あの子が幸せを手にできるよう、願うばかりだ。

◆

翌朝、私が目を覚ますと、アネットとキャロル様はまだ眠っていた。

起こさないようにそーっと部屋を出て、外に行ってみる。

朝の光を受けて伸びをする……気持ちいい。

「あ、サキ様。おはようございます」

「おはよう、ございます……えっと……」

挨拶してきたメイドさんの名前は、クレールさんというんだとか。目はぱっちりと大きくて、茶色のショートヘアをしている。

運んでいたカゴを落としてしまったようで「私っておっちょこちょいで！」と慌てていた。中身が気になって覗いてみると、朝食の材料みたいだ。

入っていたのは……玉子と食パン、じゃがいもにレタス、かな？　シャルズでの名前は違うかもしれないけど、よく似ている。

「フレンチトーストと、マッシュポテト……」

「それは、料理の名前ですか？」

しまった、つい朝ごはんを想像して、料理名を口走ってしまった。

「私の知らないメニューだわ！　どんな料理か、教えていただいてもよろしいですか⁉」

「え？　え？」

クレールさんは、料理を担当することも多いらしく、変わった料理にはすごく興味があるみたい……そのまますごい勢いで調理場へ連れて行かれた。

クレールさんと一緒にフレンチトーストとマッシュポテトを作って、屋外にある簡易テーブルに持っていくと、男性陣三人はもう席に着いていた。

「サキさん、おはよう」

「おはよう、ございます」

あとからキャロル様と、アネットもやってきて、テーブルに着く。

「おはよぉ……サキちゃんは早起きなのねぇ……」

キャロル様はあくびまじりで、まだ眠そうな感じだ。

フォークを握ったアネットは、料理を見て目をキラキラさせている。

「今日は変わった朝食ですのね！」

「ええ、サキ様に教えていただいて、一緒に作ったんですよ」

「あらあ！　それは楽しみだわ！」

クレールさんが答えると、キャロル様も嬉しそうな表情を見せる。

私はちょっと照れながら、フレンチトーストを口に運んだ。

うん、柔らかくできてるし、とても美味しい……でも、もう少し甘いほうが好きかもしれない。

「なんですの！　甘くてとても美味しいですわ！」

「これは、変わった食感だ。硬いとも柔らかいとも言えない」

「こんな料理は生まれて初めて食した……」

ほっこりした顔のアネットをはじめ、みんな喜んで食べてくれている。みんなで楽しく食卓を囲んでおしゃべりするのって、こんなに楽しいものなんだね。それが自分が作った料理ならなおさらだ。

だけどみんなの絶賛の声を聞くと……私って甘党なのかなあと思うのだった。

8　病気のお婆さま

朝食を終えて、また馬車に乗って出発する。アパートは土《グランド》属性魔法で作ったものなので、私が元通りの地面に戻した。

アネットはアノル様の隣に座り、ずっと昨日の練習をくり返していた。馬車を焦がさないように、気をつけて見てないとね……。

熱心なアネットが気になったのか、向かいの席に座るフランが尋ねてきた。

「サキ、今日は僕にも魔法を教えてくれないかな？」

「いいよ。フランの、属性は？」

「僕は風《ウィンド》・闇《ダクネ》・土《グランド》・草《ウィード》属性が使えるけど……中でも、風《ウィンド》属性を強くしたいんだ」

風かぁ、爽やかそうだもんね。

「風の魔法って難しいから、大変、かも？」

「そうなんだ。目に見えないから全然イメージができなくて、僕の第一《シグル》ウィンドじゃ何も切れないんだ」

フランはそう言って、ちょっと悔しそうな顔を見せる。確かに何も切れない第一《シグル》ウィンドじゃ、ただの風だもんね……。

「じゃあ……」

私は空間収納の中に入れておいたアポルの木から、葉っぱを二枚ちぎって取り出した。

「これを、ね、こうするの……第一《シグル》ウィンド」

私は一枚の葉っぱを風で宙に浮かせ、そのまま空中にキープする。

そこから魔力操作で葉っぱを飛び回らせ、自由自在に操る。

「できる……？」

「やってみるよ……第一《シグル》ウィンド」

フランは渡した葉っぱを風で飛ばす。でも飛びすぎて、馬車の天井にぺしっと衝突した。

「な、なかなか難しいね」

そこからフランの魔法特訓がスタートした。席を代わってもらい、アネット、私、フランの順に並んで、くり返し練習する。

こういう魔力操作は、ワーズの基礎練習だ。ナンバーズだけしか使えない段階でも、イメージ力が鍛えられるからやっておいて損はない……ってネルが言ってた。

「みんな、もうすぐ街に着くからほどほどにするんだぞ」

フレル様から声をかけられる。夢中になっていたら、あっという間に時間が経っていたみたい。

「そういえば……街って、どんなところ？」

「今向かっているのは、私の生まれ故郷、風の街・ドルテオよ。大きな風車がたくさんあって、風車挽《び》きの小麦で作るパンはとっても美味しいの。実は以前から母の体調がよくなくてね……王都に向かう前にかなり遠回りになっちゃうけど、お見舞いに行かせてもらいたいのよ」

話によると、数ヶ月前からキャロル様のお母様――シャロン様が体調を崩され、気分も落ち込んでしまっているのだという。

馬車が街の城壁の前に到着すると、キャロル様に尋ねられる。

「そういえば、サキちゃんって通行証は持っているの？」

「え……？」

通行証!?　な、何それ。でも確かこれ、ファンタジー世界でよく聞くやつだ。どうしよう、それがないと入れてもらえないとか……？

慌てる私に、キャロル様がにっこり笑ってカードのようなものを手渡してくる。

「はい。サキちゃんの通行証」

はやっ!?　え、もう用意してあったの？

「頼んではおいたが、ずいぶん早くできたんだな」

フレル様に、キャロル様がフフンとどや顔で答える。

「ええ、まがりなりにも私はドルテオ伯爵令嬢。この街一の貴族ですもの」

職権濫用《しょっけんらんよう》……。そう思いながらも私は通行証をありがたくいただいた。

馬車が街の中に入り、窓から外の景色を覗き見る。たくさん人が行き交っていて、商店や出店が立ち並んでいた。シャルズの街の様子を初めて見たけど、活気に溢れている。それから遠くには、キャロル様から聞いた通りの大きな風車が見えた。

そのうちに馬車は、大きなお屋敷の前で停まった。

ここが――キャロル様のご実家。

道中で聞いた。キャロル様のご実家であるピエルシル家は、この土地に風車や草属性魔法《ウィード》の技術を伝え、小麦作りを栄えさせて、ドルテオ伯爵位を賜ったんだとか。

大きいなぁ……。私には屋敷を通り越して、お城にしか見えない……。

お屋敷の中に入ると、メイドさんが車椅子を押してきた。そこにはきれいなおば様が座っている。

キャロル様より淡い桃色の巻き髪をしていて、上品ながらも、落ち着いて毅然《きぜん》とした雰囲気……これが威厳ってものかな。

キャロル様が駆け寄って、声をかける。

「お母様、お久しぶりでございます」

「その声はキャロルね。会えて嬉しいわ」

あの人がシャロン様……でも、あれ？　すぐ側にいるのに、声で判断した……？

「義母上《ははうえ》、ご無沙汰しています。お体の具合はいかがです？」

「その声はフレルね。多勢の足音が聞こえると思ったわ」

「じゃあわしの声は覚えとるかの」

「あら、めずらしい。どこの爺さんの声かしら」

「相変わらずじゃのう、お主は」

アノル様とシャロン様はお互いに笑う。これも道中で聞いたけど、お二人は子供の頃からの付き合いらしい。

「「お久しぶりです、お婆さま」」

「その声はフランにアネットね。来てくれて嬉しいわ。こっちに来てちょうだい」

フランとアネットがシャロン様の手を握る。シャロン様はゆっくりと二人の顔を触った。

「大きくなったわね。こんなに可愛い孫たちが来てくれてるというのに……嫌だわ。最近では目がほとんど見えなくなってしまったのよ」

微笑みながらも、シャロン様は寂しそうな声で言う。やっぱり、目が見えないのか……。

「今回もダメだったの…？」

「ええ。やはりこの目を治せる医者も魔術師もいないようだわ。年はとりたくないものね……それよりも、一人恥ずかしがり屋さんがいないかしら？　まだ声を聞いていないようだけれど」

え!?　なんでわかるんだろう……目が見えないと違う感覚が鋭くなるっていう、あれかな。

「お母様、紹介するわ。サキちゃんよ。私たちの恩人なの。サキちゃん、私の母、シャロン・ピエルシルよ」

「さ、サキ……アメミヤ、です」

私はおそるおそる、シャロン様の前に進み出る。シャロン様はゆっくりと私に手を伸ばし、ほっぺに触った。

「あらあら、可愛い孫がまた一人増えたのかしら」

最初に見た時は、威厳を感じて緊張したけど……そう言って微笑んでくれたシャロン様は、とても穏やかで、優しそうなおば様だった。

「あら、それじゃあサキちゃんのおかげで、快適な野宿だったのね」

「そうなのよ。おかげで身体も痛くないし、いつもより元気だわ」

「お婆さま、サキお姉さまの魔法はすごいんですのよ！」

キャロル様とアネットが、シャロン様に楽しそうに旅の出来事を教えている。

話題が私のアパートのことなので、ちょっと照れちゃうけど……。

「それで、シャロンよ。目はどうなのじゃ」

ひとしきり談笑したところで、アノル様が心配そうに尋ねた。

「それが、やっぱり原因はわからずじまい。だから治療も無理らしいの。わかっているのは、目が白くなっていっているということだけね」

「そうなのか……いや、まだ諦めるでない。そのうちいい医者が見つかるはずじゃ」

「ありがとう、アノル。でも、もういいのよ。こうやって娘も孫も会いに来てくれるしね」

「お母様……」

アノル様もキャロル様も歯がゆそうに口をつぐむ。しばらく沈黙が流れた。

「さて、そろそろお腹が空かないかしら？　メアリ、食事の用意をしてちょうだい」

「はい、ただいま」

返事をしたメアリさんはクレールさんとそっくりな顔立ちをしていた。そういえばクレールさんと朝食を作った時に「双子の姉に会えるのが楽しみです」と喜んでいたっけ。

でも少しドジっ子なクレールさんと比べて、メアリさんは落ち着いたしっかり者な雰囲気だ。

車椅子を押していた、メイドのメアリさんが部屋を出ていく。窓の外を見ると、いつの間にか日が暮れていた。

そのまま夕食をいただいて、今日は屋敷に泊まることになった。

私はアネットと同じ部屋になり、ベッドに横たわる。今まで味わったことがないほど、ふかふかな寝心地だ……。

「お婆さま……やっぱり治っていらっしゃいませんでしたわ……」

隣のベッドで、アネットが呟くのが聞こえた。

「アネットは……シャロン様のことが、大好きなんだね」

「もちろんですわ！　初めて魔法を使えた時、一番喜んでくれたのはお婆さまでしたの。まだ目が見えていた頃のお婆さまが、アネットのフレアをきれいねってほめてくださって……だから私は、いつかすごい魔法使いになって、お婆さまにもっとすごい魔法を見せて、もっともっと褒めてもらって、たくさん笑っていただくのですわ！」

「アネット……」

「きっと、いいお医者様がお婆さまの目を治してくださいますの。だからその日のために、明日も魔法の特訓を頑張りますわ！」

あんなに魔法を頑張っていたのは、おばあちゃんのためだったんだね。私よりも年下なのに……アネットはすごいなぁ。

私も、何か力になれたらいいけど……。

ネルに聞いたら、もしかすると治療法がわかるかもしれない。だけど、失明するほどの難病を治療してしまっていいのだろうか。好きに生きていいとは言われたけど、私の勝手な行動でシャルズに大変な影響を出してしまったら、ナーティ様に申し訳が立たない……。

考え事をしていると、なかなか寝つけなかった。

そうこうするうちに、真夜中になってしまった。夜風にでも当たろうと思って、アネットを起こさないようにそっと庭へ出た。

庭は月明かりに照らされ、花がとてもきれいに見えた。そして――庭にはもう一人、誰かがいた。

「シャロン……様？」

「あら、ふふふ。その小さな声はサキちゃんね。どうしたの？　こんな時間に」

「眠れ、なくて……」

「そうだったの。実は私もなの。こっちへ来て。少しお話をしましょう」

庭のベンチに座るシャロン様に手招きされて、隣に腰をおろす。

シャロン様は、長年暮らしてきた屋敷だから、杖があればこうやって散歩できるらしい。メイドのメアリさんが心配して車椅子を用意してくれるけれど、身体がなまってしまうので夜にこっそり抜け出すのだと、笑いながら教えてくれた。

「……ねぇ、サキちゃん。サキちゃんは、人って平等だと思う？」

「え……？」

急に問いかけられたことが、ナーティ様の言葉とかぶって、少しドキッとした。

「みんなの前で元気に振る舞っているんだけどね……本当は怖いわ。いつも当然のようにできていたことができなくなるのだもの。次は何が失われるのだろうと思うと、不安でいっぱいになるの」

私が返事できずにいると、シャロン様が微笑んだ。

「ごめんなさいね、小さなあなたにこんな話をして。実は、サキちゃんの話をキャロルから聞いたわ。辛い思いをしたのね……」

シャロン様は独り言のように話し続ける。

「私よりも辛い立場で、もっとひどい目に遭っている人がいるのはわかっているわ。サキちゃんからしたら、贅沢な悩みに聞こえるでしょう。でも、どうしてこんな目にって、つい思ってしまうのよね」

「いえ、私もわかります……」

前世で何度も思った。なんで私がこんな目に、なんで私だけ辛いんだろうって。もっとひどい境遇の人がいると言われても、その思いが消えるわけではなかった。

「シャロン様は、目が治ったら、嬉しい？」

「そうねえ……でも、治せる可能性はゼロに近いと、何人もの医者や魔術師に言われたのよ。それで諦めがついてきちゃったわ。あぁ、これはダメなのねって」

シャロン様は笑みを浮かべながら言うけど、きっと、とても心細いはずだ。

そういえば小さい頃、高熱が出ても病院に連れて行ってもらえず、一人で寝かせられていた時に思った。私の病気は、このまま治らないのかなって……。

あの時はすごく怖かった。シャロン様はそれとは比べ物にならないくらい怖いはずだ。

「サキちゃん、泣いているの？」

そういう恐怖を、こんな優しい人が受けている。それだけで胸が苦しくなる……私は気づくと涙を流していた。

シャロン様が私をそっと抱き寄せてくれた。なんだか、キャロル様のことを思い出す。キャロル様が優しいのは、シャロン様ゆずりなのかな。

「ごめんなさい。シャロン様が、かわいそうで……悲しくなって」

この人を、助けてあげたい……。

シャロン様は私が落ち着くまで、静かに頭を撫でてくれた。


そのあと、アネットを起こさないようにそっと部屋に戻って、ベッドへ入った。

シャロン様を助けてあげたい。私はどうしたらいいんだろう……。

思い悩んでいると、いつの間にか眠っていたみたいだった。

「……ん、ここは？」

気づくと、真っ白な空間に浮いていた。夢にしては意識がはっきりしている気がする。

なんだか、見覚えのある場所だ。

「お久しぶりですね、咲さん」

「……ナーティ様！」

目の前には、ナーティ様が立っていた。

もうだいぶ昔のように感じるけど……そうか、ここは転生する時に来た空間だね。

「シャルズを楽しんでいただけていますか？」

「……はい。この世界では、たとえ辛く思うことが起きても、それだけじゃない。幸せにつながってるんだと感じられています」

私はクマノさんの事件を経て、少し成長できた自分の気持ちをナーティ様に報告する。

「咲さんが前向きになれているなら、何よりです。悲しみや辛さは雨のようなものなのです。晴れの日ばかりでは自然界が成り立たないのと同じように、幸せばかりでは人生のバランスが崩れてしまう。だから、悲しみを100％完全に取り除くことはできません。ですがそれが必ず咲さんの大きな幸せにつながるよう、これからも見守っていますからね」

確かに、クマノさんの事件がなければ、ずっと森に引きこもって一生を終えていたのかもしれない。ナーティ様と話せて、勇気づけられた気がした。

「ところで咲さん、何か悩みがあるようですね。環境も大きく変わったので、様子を見にきました」

微笑むナーティ様に、今の気持ちを打ち明ける。

「実は……魔法で助けてあげたい人がいるんです。でも、私が治療法の見つかっていない病気を治して、シャルズに影響が出たらと思うと……」

「……では、少し気分転換をしましょうか」

そう言って、ナーティ様が手を広げる。すると、空中に窓のようなものが現れた。

「これは……？」

「覗いてみてください」

ナーティ様に微笑みかけられ、私はおそるおそる、窓を覗き込む。

そこから見えたのは――前の世界の景色だった。

会社の最寄り駅の近く、私が落雷に打たれた辺りの風景が見える。

そこのガードレールに花を手向《たむ》けて合掌する、一人の老人がいた。

「咲ちゃん、親にひどいことをされた上、こんな死に方をするなんて……。少しでも手を差し伸べてあげればよかった……安らかに眠ってな」

あれは、私の家の隣に住んでいたお爺さんだ。私が小さい時に、唯一おはようと毎日声をかけてくれていた。

そうか、前の世界に、少しでも私の死を悲しんでくれる人がいたんだ……。

そう思っているうちに景色が切り替わり、会社のオフィスになった。

嫌な気持ちがよみがえる。だけどよく見ると、パワハラ部長がいない。部長席には、違う人が座っていた。

「加納！　関田！　頼んだ資料はまだか！」

「す、すみません！　他の仕事に手いっぱいで……」

「私も先日の件でまだ……」

「何をしているんだ！　こんな作業、雨宮くんなら一時間もかからず終えていたぞ！」

「「す、すみません！」」

え、なんで私の名前が……？

思い出した、部長席に座っている人は、残業している時に、一度缶コーヒーをくれた人だ……。

その時に、つい仕事の愚痴《ぐち》を言ってしまったのを覚えている。

「その方は社内で唯一、あなたへの扱いを人事部に訴えていた人ですよ。咲さんの生前の部長はクビになりました」

「ええ!?　一体どうしてですか!?」

「咲さんが亡くなられた時、会社の制服を着ていたことが疑問視され、問題になったのです。以前からの現部長の訴えもあり、社内で咲さんの勤務状況について調査が行われました。前部長のパワハラにセクハラ、他社員からの仕事の押しつけの黙認、その他、悪いことぜーんぶバレちゃいましたから」

私が死んだあとにそんなことになっていたなんて……。それに、会社にも私のことをずっと気にかけてくれてた人がいたんだな。

「咲さんに仕事を押し付けていた方々も大変みたいですよ。人任せにしていたせいで要領が悪く、任された仕事もこなせず残業続きです。そのせいか恋人ともうまくいってないようですね」

そういえばナーティ様は前に、幸福はみんなに平等って言ってたな。因果応報ってわけじゃないけど、人を不幸にして得る幸せなんて、ずっとは続かないんだね。

「どうでした？　すっきりしましたか？」

窓から顔を離すと、ナーティ様が尋ねてきた。

「うーん、あまり……。私は辛いことばかりの人生に悲しんでいたけど、周りの人に苦しんでほしいとは思っていなかったので……それよりも、私のことを見てくれている人がいてよかったなって感じです」

もっと人を信じて、頼ってみてもよかったのかもしれない。前世の私では無理だったけど、今ならそう思える。

するとナーティ様は、私の頬にそっと手を当てる。

「そう、それでいいのですよ。復讐めいたことをしても、人の心は晴れません。咲さんはきれいな心の持ち主です。だから、悩むことなどないのですよ。行動や考えに自信を持ち、自由に振る舞ってください」

「いいんですか……？」

「神が許可を出しているのです。他に誰の許しがいるというのですか」

私がくすっと笑うと、ナーティ様も笑顔を見せてくれた。

「では、そろそろあなたが目を覚ます時間です……他に、何か聞きたいことはありますか？」

「そういえば、ラスダ――弟さんは、どうされてますか？」

「ああ、あの愚弟でしたら、職務怠慢の罰として違う世界の担当になりました。今頃、命がけで恐竜と鬼ごっこでもしているでしょう」

「そ、そうなんですね……」

「まったく……これで少しは反省してほしいものです」

ナーティ様はお怒りの様子だ。私もラスダに怒ってないといったら嘘になるけど、悪人ってわけでもないだろうし、これでチャラさとさぼりが直るといいね……。

「ああ、それから。これからサキさんが街に出るにあたり、ネルが使える魔法を増やしておきました。詳細はネルにお尋ねください」

「ナーティ様、いつもありがとうございます」

「いいえ、久しぶりにお話ができて、私も楽しかったですよ。それでは、あなたに幸福があらんことを……」

ナーティ様がそう言うと、ハッと目が覚めた。

私の上ではネルが丸まっていて、隣にはまだ気持ちよさそうに眠っているアネットがいる。日の昇り方からして、朝の七時くらいだろうか。

ナーティ様のおかげでシャロン様の目のことについて、決心がついた。

神様に自信を持っていいと言われた以上、持たないわけにはいかないよね。

9　悪意の接近

私はフレル様とキャロル様の部屋へ向かっていた。ネルも私の足元を歩いてついてくる。

その途中で、アネットとフランに声をかけられた。魔法の練習を見てほしいとのことだったけれど、今日はシャロン様のために断らせてもらった。二人は庭へ練習をしに行くみたい。

「失礼、します……」

フレル様たちの部屋のドアをノックするが、返事がない。そっと扉を開けてみたけれど、部屋の中には誰もいなかった。

あれ？　どこに行ったのかな……屋敷の中を探しながら歩いていると、ちょうど近くの部屋からメアリさんが出てきた。

二人の居場所を尋ねてみると、今日はお医者様がいらっしゃって、シャロン様を診察する日だそうだ。フレル様たちもそれに付き添っているはずだと教えてくれた。

私はメアリさんにお礼を言い、教えられたシャロン様の部屋に向かう。

扉が少し開いていたので、中を覗いてみた。白衣を着た男性がいる……あれがお医者様かな。

お医者様は、シャロン様に白い粉薬を渡していた。

「え、何あれ……？」

お医者様から、もやのようなものが立ち昇っているのが見える。目を凝らすと、黒い煙であることがわかった。同時になんともいえない胸騒ぎを感じる。

煙は、粉薬からも出ていた。しかも、さっきより量がずっと多い。こっちもすごく嫌な感じがする。他の人には見えてないのかな？

私は足元に控えているネルに尋ねる。

「ネル、黒い煙みたいなのが見えるんだけど……何かわかる？」

『サキ様の常態スキル【悪意の眼《あくいのめ》】が見せているものです。悪意の眼は、人や物に込められた悪意を、黒いオーラとして可視化します』

そういえば、そんなスキル作ったっけ……私は森での修業期間に、変質の才でスキルを量産した。ただ恥ずかしいことに、夢中で色々作りすぎて自分でも覚えきれていない。今回はそのうちの一つが役に立ってくれたみたいだね。

にわかには信じがたいけど、悪意の眼が真実を告げている……あの医者は、シャロン様に悪いことをしようとしてるってことだ。

『サキ様、悪意の眼に反応があったのですか？　薬から黒いオーラが見えたのなら、毒である可能性も……』

ネルが話している途中で、シャロン様がその薬を口に運ぶ。

「シャロン様、ダメ！」

私は叫びながら部屋へ駆け込んでいた。シャロン様の手から、薬を奪い取る。

「サキちゃん、何をするの⁉」

シャロン様がびっくりしている。だけど今は急を要する。私はさらに薬にスキルを使う。

「【解析《かいせき》の心得《こころえ》】」

解析の心得は、見た物の組成を把握できるオリジナル魔法スキルだ。森時代には食べられる物を見分けるために使っていた。

薬の原料は……ビセアに、トカプト⁉　どっちも有毒の危険な植物じゃない！

間違いない……この医者は、シャロン様を殺そうとしていた。

「あなた……シャロン様に、何をするつもり、だったの？」

私は医者をキッと睨みつけた。

「き、君こそ急に何をするんだ⁉　私はただ目に効く薬を……」

「ビセアと、トカプト……」

最初はごまかそうとしていた医者は、それを聞いて動揺を見せる。

「サキさん、一体どうしたんだ⁉」

事態を呑みこめない様子のフレル様に告げる。

「この薬には、ビセアとトカプトという植物が、使われてます。どちらも、口に入れれば死ぬ、猛毒……」

「何⁉　貴様、どういうつもりだ！」

フレル様が医者に詰め寄る。

「チッ……！」

医者は途端に顔を歪めると、窓を蹴破って外へ逃げた。大きな音がしたので、兵士さんたちが部屋に駆けつける。

「窓から逃げた医者を追え！　義母上《はは》に毒を飲ませようとした！」

フレル様の言葉で、兵士さんたちは窓から外に出て医者を追いかける。私も肩にネルを乗せると、続いて外へ出た。

それにしても、ただの医者だなんて思えない。足に魔力を込めて走ってるのに、それ以上の速度で逃げている。見失わないようにするのがやっとだ。

このままじゃ逃げられちゃうよ。こうなったら……。

「第五《クイル》ライト・バリア！」

私は屋敷を覆うように、敷地全体にバリアを張った。範囲が広いから強度はいまいちだけど、門にたどり着いた医者を閉じ込めることができた。

医者が脱出しようとバリアを叩いている隙に、なんとか追いつく。

「逃がさない……」

私は手を医者に向け、いつでも魔法を放てるようにしながら近づく。

すると、医者は不気味に笑い出した。

「クックックッ……あと少しのところで、こんな子供に見破られるとは」

「何が、目的？」

「聞かれて話すと思うか？　お子様は単純だなあ」

私はイラッとして、顔をしかめる。

「サキさん、よくやってくれた！」

そこへフレル様と兵士さんたちも追いついた。槍を構えた兵士さんたちが、医者を取り囲む。

「動くな！　尋問は後でゆっくり行う。荷物を下ろして、手を頭の後ろへ回せ」

フレル様が厳しく言うと、医者は諦めたかのように大きく肩をすくめて、息を吐いた。

これで降参するだろうとちょっとほっとした……その時だった。

「これは使いたくなかったんだがな……」

医者が荷物に手を入れ、何かを取り出す。そのまま自分の腕に突き刺した。

「グ……ガァァァァ!!」

医者が悲鳴のような声をあげる。腕を見ると、注射器が刺さっていた。

みるみるうちに医者の肌が黒くなり、身体が膨れ上がっていく。

肩に乗ったネルが、焦った様子で伝えてくる。

『投薬後に魔力量が増大……魔物化に近い現象が起きています』

魔物化!? あの注射器で、そんなことが……!?

それが本当なら……まずい、この兵士さんたちじゃ、あの医者には対抗できない……。

「クックック……いい気分だ。力が溢れてくるよ……」

魔物化した医者がこちらを見る。顔立ちは醜《みにく》く歪んでいて、目や歯がむき出しになっている。筋肉が盛り上がった腕からは獣のような爪が生えていて、もう人間には見えない。

「……みんな、逃げて！」

私が叫んだのと同時に、医者の手が振り下ろされる。

そこから放たれた黒い影のようなものが、取り囲んでいた兵士さんたちをなぎ倒した。

『闇属性魔物《ダクネ》に特有のオリジナル魔法スキル、【影打ち《シャドウ》】と見られます』

そんな技まで使えるなんて、本当に魔物化しているってことだ……。

「フレル様、ごめんなさい……第三《トリル》ディジョン・テレポート！　第四《クアル》ライト・バリア！」

私はとっさに、負傷した兵士さんたちとフレル様を屋敷の中へ飛ばした。さらに屋敷もバリアで覆う。これで屋敷の中は安全だ。

「ほお、なかなか高位な空間魔法だな」

「あなたに、褒められても……嬉しく、ない」

私と医者はしばらく睨み合った。

「影打ち《シャドウ》！」

「第四《クアル》ライト・バリア！」

医者の右手から黒い影が放たれ、私はそれをバリアで防ぐが、一撃で壊れてしまう。

「第三《トリル》フレア！」

動揺してたら、医者が後ろに回り込んで炎を放ってきた。もう一度バリアを張って、なんとか火の玉を防ぐ。

ていうか、普通の魔法も使えるなんて反則！　影打ち《シャドウ》だけでも強力なのに……一属性しか使えない、今までの魔物との戦いとは違うってことだね……。

「お前……さては人と戦い慣れてないな？」

にやりと笑った医者に言われて、焦る。

いきなりバレた⁉　いや、私を動揺させる作戦かもしれない……。

「そんなこと、ないもん……」

「クックックッ……まあ、お前みたいなガキがここまで生きてるだけでも大健闘だな」

「さっきから、子供とか、ガキとか、ムカつく……」

「可愛いねぇ？　お前みたいな子供は、大人しくママの胸で泣いてな！」

医者はまた影打《シャドウ》ちを仕かけてくる。

「……二重付与《ダブルエンチャント》・【光刃《こうじん》】」

私は光《ライト》属性と空間《ディジョン》属性で、圧縮した光の剣を作り出した。さらに、武術スキルを使う。

「ネル流剣術スキル・【弧交斬《こまぎ》り】」

魔法の剣にネル流武術を併せた剣技。修業で練習はしてたけど、実戦で使うのは初めてだ。

「ママなんて……私には、いない」

「おっと、そいつは悪いことを言ったかなぁ？　ママはもう天国か？　なら、ママと同じところへいきな！」

影打《シャドウ》ちの連打がくる。私はもう一本光刃を作り、両手に持って切り刻む。

しかし、数が多すぎて、だんだんと追いつかなくなっていく。

一つ切りこぼしてしまった影打《シャドウ》ちが、お腹に直撃して後ろに吹っ飛ばされた。

痛い、モロに当たった……。魔力をお腹に集めていなかったら危なかった。

私はお腹を押さえながら、よろよろと立ち上がる。

「ハッハッハァ！　やっと当たったぜぇ！」

自分の力に酔い、私の姿をあざ笑うかのように、医者がご機嫌で喋る。

「それにしても、魔物化がこんな気持ちいいもんだとはなぁ！　森で実験台にしてやった奴らにも感謝してほしいねぇ！」

「森……実験……？」

心がざわめいた。頭の中に最近急に現れた魔物――フレアボアと、ウィンドグリズリーの姿が浮かぶ。

そんな私の反応に気づかないのか、医者はぺらぺらと喋り続ける。

「薬に効果があるのか試すために、森で猪と熊にも使ったんだよ。猪はどうなったか知らねえが、熊は打ってすぐだったぜ？　魔物化した途端に暴れて、自分の子供まで殺してやがった！」

そう言って医者は高らかに笑い出した。

私は手をギュッと強く握る……。医者の笑い声を聞くほど、心臓の音が速くなるのがわかる。

クマノさんの魔物化は自然に起きたものじゃなくて、人為的に引き起こされたものだったの……？

じゃあ、こいつさえいなければ、クマノさんは……クマタロウくんは……。

「あなたの……あなたのせいで……」

「ああ？　なんか言ったか？」

私の中で、何かが溢れ出しそうな感覚に襲われる。

前の世界でも何度かあった。だけどそのたびに、仕方のないことだと蓋をしていた感情。

でも、今度は耐えられない。私の友達を、クマノさんたちを……!!

「あなたのせいで、クマノさんはぁ！」

私は生まれて初めて、相手に怒りをぶつけた。

「な、なんだ!?　急に魔力が跳ね上がりやがった！」

「あなたさえいなければ、クマノさんはあんなことにならなかったのに！　許さない、絶対に許さない！」

私は手を上に向ける。医者がニヤリと笑う。怒りで隙ができたと思ったのだろうか。

医者は私に影打ち《シャドウ》を撃ち込む。しかし、届く前に消失した。

「なんだ、何をした!?」

「第五《クイル》ライト・セ・【アンチオブベール】」

アンチオブベールは、相手の魔法属性がわかった時にだけ使える防御魔法だ。反対の属性の魔力を展開して、攻撃を無効化する。それをセのワーズで強化して、全方位に持続し続ける。これでもう医者の攻撃は届かない。

「覚悟はいい……？」

「ちょ、調子に乗るなぁ！」

医者は叫びながらも顔に恐怖を浮かべている。影打《シャドウ》ちを私に何度も撃ち込んでくるが、アンチオブベールにより全てが届く前に消える。

「クマノさんの苦しみと、クマタロウくんの悲しみの分……第五《クイル》・べ・ライト……レイ！」

空に魔法陣が現れ、中心から熱線が放たれる。

――復讐めいたことをしても、人の心は晴れません。

その時、ナーティ様の言葉が脳裏をよぎった。

考えるよりも先に身体が動き、ギリギリで魔法の軌道をずらす。致命傷にはならず、医者の右手足を消しとばした。

「あぁぁぁぁぁぁ!!　俺の腕が、足がぁ！」

「あ、あなたは、本当、なら……今すぐに、殺したい……。けど、それじゃ、平気で他人を犠牲にする、あなたたちと一緒……。このまま、フレル様に、身柄を渡す……」

「くそ、くそがぁ！」

「ネル、フレル様を呼んできて…」

汚い言葉を吐いてのたうち回る医者に対し、私は憎しみ以外の感情を持てなかった。今でも、トドメを刺したいと思ってしまっている。

けれど、この人を殺しても、あなたたちは帰ってきてくれない……。

ごめんね、クマノさん、クマタロウくん……。でも、しかるべき裁きを受けさせるから……。

ふと、叫んでいた医者が静かになったことに気づく。目を向けると、ニタァッと笑みを浮かべていて、背筋が凍った。

医者は私ではなく、庭のほうを見ている。その先には、騒ぎに気づかず魔法の練習をしているフランとアネットがいた。

バリアは敷地全体と屋敷を覆っているが、庭は外れている。

医者は左手でアネットに向けて影打ち《シャドウ》を放つ。

だめ、飛脚《ひきゃく》じゃ間に合わない！

「第三《トリル》ディジョン・テレポート！」

影打ちが当たる寸前、アネットの前に移動する。

アネットを突き飛ばすと、背中が爪で引き裂かれた。

「う、あぁ……」

今までで一番痛い。私は地面に手を突く。

そうだ、物理耐性はあっても、魔法耐性はないんだ……。

「お、お姉さま…!?」

心配したアネットが駆け寄ってくる。

「アネッ、ト……怪我は、ない？」

「アネットのことよりもお姉さまが！　ち、血がこんなに！」

背中から流れる血が、地面にポタポタと落ちていた。

でも、今はそれよりも……。私は医者に手を向ける。

「第四《クアル》ウィード・バインド……」

周囲の草が伸びて、医者を拘束する。何もできないよう、目と口も塞いでおいた。

これで、大丈……夫。

「お姉さま!?　お姉さま！」

どうやら私は倒れたらしい。アネットの叫び声が聞こえる。

こんなに元気な声が出せるなら、怪我はないってことだね……よかった。

安心したせいか、私はそのまま意識を失った。


目を覚ますと、ベッドの上だった。

まだ背中が痛い。横になったまま背中に手をやると、包帯が巻かれていた。

この部屋は、アネットと一緒に眠っていた部屋だ。外の明るさからして、お昼くらいみたいだけど……あのあと、結局どうなったのだろうか。

考えていると、ネルがベッドのすみに飛び乗ってきた。

『申し訳ございませんでした、私がいない間にサキ様が怪我を……』

「ううん、私がネルに指示したことだもん。あのあと、どうなったの？」

『サキ様が意識を失われ、屋敷のバリアの効力が切れました。それからすぐに、フレル様たちが助けに来られましたよ。ちょうど街のギルドに回復魔法が得意な冒険者がいたそうで、幸い背中に傷は残らないとのことです』

そうか……いつかその人に出会うことがあればお礼を言いたいな。

『そして、あの医者は死亡いたしました』

「えぇ⁉」

思わず素《す》っ頓狂《とんきょう》な声をあげる。大怪我は負わせたけど魔物化していたし、死ぬほどではなかったはずだ。

『サキ様に倒されたあと兵士たちに拘束されたのですが、急に苦しみだし、息を引き取りました。シャロン様の殺害を目論《もくろ》んだ理由は、結局不明なままとなってしまいましたが……フレル様が調査を進めています。あの男は訪問する予定だった本物の医者とすり替わり、薬の代わりに毒を飲ませようとしたらしいですね』

信じられない。魔物化の注射を使ったせいなんだろうか……。そもそも注射の出どころもわからないし、偽医者を倒せたからといってまだ問題が解決したわけじゃないみたい……。

『アネット様とフラン様にも怪我はありませんでした。サキ様が一番の重傷者です。ちなみに、丸二日眠っておられましたよ』

「えぇ!?」

ネルに言われて、また素っ頓狂な声をあげてしまった。

『体力的にも魔力的にも、疲労が溜まっていたのでしょうね』

だからって、二日も寝てたなんて……。

そんな風にネルとおしゃべりしていると、ドアがゆっくり開いた。見ると、アネットがたたずんでいる。

アネットはベッドに起き上がっている私を見て目を丸くしている。そして、急に目を潤《うる》ませた。

「お、お姉さま！」

アネットは駆け寄ってきて私に抱きつき、大泣きを始めた。

「お姉さま……よかったですわ、お姉さまぁ……」

「ア、アネット。そんなに泣かないで、ね？」

アネットの声で屋敷の人たちが集まってきて、私に心配だったと声をかけてくれた。その中にはキャロル様の姿もあった。

「さて、サキちゃん。目を覚ましたところで、私からお話があるの」

え、あれ、おかしくない？　キャロル様、ニコニコしてるのに目が笑ってないんだけど……。そんなキャロル様を見て、アネット以外はそーっと部屋から出て行く。

ひぃ!!　笑顔なのが逆に怖い！

キャロル様がベッドの脇の椅子に座り、私をじっと見る。フレル様を閉じ込めて勝手なことをしたから、きっと叱られるに違いない……ぎゅっと目をつむる私にキャロル様が告げる。

「サキちゃん、前に言ったじゃない、大きな魔法を使う時は、私たちに言いなさいって！」

あれ……？　怒られた内容が、覚悟してたことと違う。おそるおそるキャロル様を窺うと、目に涙を溜めていた。

「二人を助けてくれてありがとう……でも、もしあなたが死んでしまったら、一体なんの意味があるの！」

キャロル様はそう言うと、アネットと私をまとめて抱きしめた。

「本当に……本当に心配したのよ！　子供のあなたが、自分を犠牲にしたらダメ。もっと大人を頼りなさい。領民を守るのが私たち貴族……、いえ、家族を守るのが、私たち親の役目なんだから。サキちゃん、もう遠慮しなくていいの。あなたは、私たちにとってもう家族なんだから」

優しくも力強く、キャロル様は私に告げる。

「……ごめんな、さい」

私はキャロル様とアネットの温もりを感じながら、心配してくれる人のためにも、自分を大切にしなきゃと思うのだった。

動けるようになったので、私はシャロン様の部屋へ向かった。

シャロン様はショックを受けているらしい。致死性の毒を飲まされそうになったんだから、当たり前だよね……。

シャロン様はソファに座って出迎えてくれた。その隣に腰かけ、メアリさんが出してくれた紅茶を一口飲む。

「サキちゃん、助けてくれてありがとう。身体はもう大丈夫なのかしら？」

「シャロン様こそ、大丈夫ですか……？」

「そうね、おかげで無事だったけれど……目を治せるかもとあがいた結果、命を狙われるなんてね……」

元気のない声を聞いて、私も俯く。諦めずに頑張っていたことがこんな結果になるなんて、さぞかしがっかりしたに違いない。

私は肩を落としているシャロン様に声をかけた。

「……あのね、私の、前にいたところではね。悪いことの後には、いいことが、あるんだよ」

「あら、そうなの？　それじゃあ、次に会うお医者様はいい人なのかしら」

そう言って微笑むシャロン様は少し寂しそうだった。

失明という事態に見舞われているのに、私に優しくしてくれたシャロン様……だから頼まれてもいないし、許可も取っていないけど、助けたい。私のわがまま。初めての……わがままだ。

病気を魔法で治すのは初めてだ。だから、どういうことが起きても、責任を取るのは自分自身……でも、好きに生きるって決めたんだ。勇気を出してやってみよう。

「次は、いらないよ」

「え……？」

私は立ち上がり、不思議そうにするシャロン様の手を握る。

実は、怪我が治りかけだから少し自信がない。だけどシャロン様のためなら、できる気がする。

「第八《オクル》・デ・ヒール……」

魔法陣から放たれた光が、シャロン様の両目を包む――それが消えると、シャロン様はゆっくりとまぶたを開けた。

シャロン様はしばらく、呆然と辺りを見回していた。それから、夢でも見ているような顔で呟く。

「目が、見えるわ……」

「シャロン様……治られたのですか？」

メアリさんも信じられない様子だ。シャロン様は立ち上がると、涙ぐみながらメアリさんの顔を見つめた。

「メアリ……あなた、少し大人びたわね」

「ああ、シャロン様……！」

抱き合う二人を見て、私は安堵のため息をついた。

うまく、いったんだ……。

事前にネルに調べてもらった。シャロン様の病気はシャルズ特有のもので、エード病というらしい。目の中が白くなって、やがて見えなくなってしまうという症状だ。

この病気が進行した場合、第八《オクル》ランクの治癒《ヒール》属性魔法をデのワーズで操作し、目に集中させて治療する必要がある。ただでさえランクが高いうえ、魔力操作の技術が必要となる。そんな人なかなか巡り合えないだろうし、私がやるしかなかった。

「さっそく、皆様に報告を……」

「いいえ、だめよ」

自分のことのように喜ぶメアリさんに、シャロン様が重々しく言った。

私とメアリさんが顔を見合わせていると、シャロン様がにっこりと笑う。

「せっかく治ったのだから、みんなを驚かせてやりましょう！」

貴婦人のお手本みたいに上品なシャロン様が、はしゃいでいる⁉

びっくりしている私の前に、シャロン様がしゃがみこんだ。そして優しく私を抱き寄せる。

「サキちゃん、ありがとう。本当にありがとう。こんな言葉では足りないけれど、あなたは私の恩人だわ……」

お礼を言われたくて治したわけではないけど、シャロン様が喜んでくれて、とても嬉しい。

それに、こんな私でも誰かの役に立てたのは……ちょっとだけ自分を褒めてあげたい、かな？

好きに生きてみるって、最初に決めた時は怖かったけど、また自信をつけられた気がする。

シャロン様は私の顔を触って、優しく微笑む。

「私の目を治したのが、こんな可愛いお嬢さんだなんて、おとぎ話のようだわ」

真っ向から可愛いと言われると、ちょっと照れる……。

「さて、どうやってみんなを驚かせてあげようかしら、サキちゃんも一緒に考えてね」

嬉しそうに話すシャロン様のお茶目な様子は、やっぱりキャロル様に似ていた。

そのあと、シャロン様とメアリさんと私でみんなにドッキリを行った——シャロン様の迫真の演技に、みんな最初は呆気に取られていたけど、最後には大喜びしたのだった。


シャロン様の目が治って、三日が経った——フレル様たちは、明日王都へと帰る予定だ。

シャロン様はまだまだいてほしいそうだけど、何日も王都のお屋敷を空けるのはよくないらしい。

「むむむ……あっ」

うなっていたアネットの手から、フレアがしゅう……と消える。

私は今日、アネットとフランに魔法を教えていた。

フランは葉っぱを空中に浮かせながら、左右に移動させられるようになっていた。一方、アネットはあまり進展がなさそうだ。

「フラン、上手になった、ね」

「ずっと練習してたからね。でも、これができると、どうして魔法が上手くなるんだい？」

「ウィンドの魔法で切れるようにするのに、重要なこと、わかる？」

「切ることをイメージするんじゃなくて？」

「ううん……魔力を薄く、すること。剣でたとえると、わかる？」

私に言われて、フランは納得したみたいだった。

分厚い剣では、切るんじゃなくて潰すことしかできない。それがフランのウィンドの切れ味がない原因だった。フランの風の刃は分厚いのだ。

「ウィンドの魔法はね、どれだけ魔力を薄くするかが、重要。だから薄くするためには、この練習で、風の魔力を操作する感覚を掴むの。ほら、フランは最初……葉っぱを馬車の天井に、衝突させたでしょ？」

「なるほどね……ありがとう、何となくわかったよ」

「お姉さま！　お兄さまばかりずるいですわ！」

フランと話していると、アネットがふくれっ面をする。二人と打ち解けてきて、一緒にいるのが楽しい。

その夜――私はフレル様、キャロル様、アノル様から部屋に呼ばれた。
「失礼、します……」

中に入ると、すでにフレル様たち三人が待ってくれていた。

今日何のために呼ばれたのかは、なんとなく予想がついている。これからいよいよ王都に向かうのだから、私の身の振り方をちゃんと決めなければいけない、ということだよね。

「サキさん、来てくれてありがとう。さあ、こっちに座ってくれ」

フレル様に促されて、向き合うように置かれている椅子に腰かける。するとフレル様は、改まった様子で口にした。

「アネットとフランを偽医者から助けてくれたこと、義母上《ははうえ》の目のこと……心から礼を言うよ。ありがとう」

「いえ……大したこと、してない、です」

もじもじと答えると、キャロル様がにっこりと微笑む。

「身を挺《てい》してまで守るのが大したことじゃないなんて……まだお説教が足りないかしら？」

私はキャロル様を見て、首をすぐさま横に振った。

「た、大したことです。はい……」

「よろしい」

キャロル様は変わらず笑顔で言ってくれるけど……圧を感じるよ！

「それで、養子について……サキさんの考えはまとまったかな？」

フレル様が本題に移った。私は少し下を向き、スカートをぎゅっと握る。

自分の気持ちを伝えるというのは……こんなにも怖いものなのか……。

「私……私は……」

私の魔法の力は、明らかに普通じゃない。私が養子になることで、みんなに迷惑がかかるかもしれない。でも……。

「私は、すごく……わがままな考えを、持っちゃってるんです」

「かまわないよ……言ってごらん」

フレル様は優しく私に言う。この優しささえも、今の私には胸が痛い。

「うぅ……わ、私は……みんなといたいです……」

気がつけば、私はポタポタと涙を落としていた。

ここまで連れてきてくれた。優しく話しかけてくれた。心配してくれた。叱ってくれて、慕ってくれて、家族になろうとまで言ってくれて……。

そんな人たちと一緒にいられる……考えただけで幸せな日々になるだろう……。けれど、そんな風に思える人たちだからこそ、心配なのだ。

「私は……フレル様も、キャロル様も、アノル様も、フランもアネットも大好き……。でも、怖いんです……。一緒にいて、わかったと思いますが、私は、普通と違います……。私のせいで、迷惑がかからないか心配だし、それだけは、嫌なんです……。そんなことになれば、きっと私は自分が許せない……」

一度涙が流れ出すと、後から後から出てきて、止まらなくなった。

「ありがとう、サキさん。私は……いや、私たちも君のことが大好きだ。だから、君にそんな顔をさせたいわけじゃない」

フレル様が私の頭を撫でてくれる。

「サキさん……私は家族というのは大なり小なり迷惑をかけるものだと思っているんだ。そして、それを支えるのもまた家族の役目なんだよ。きっと君は、これまでなんでも一人で背負い込んで、頑張ってきたんだろう……だから、他人に頼るのがとても下手だ」

涙でぼやける目を上げると、眉根を寄せながらも、笑顔を浮かべているフレル様がいた。

「私たちは君と一緒にいたい。もちろん、フランもアネットもそう思っている。二人には先に聞いておいたんだよ。……でも、君は自由なんだ。私たちは君の意見を――『わがまま』を聞きたい。だから、君の言葉で教えてくれないかい？」

フレル様は、ずるい……。そんなこと言われたら、私にはもう答えは一つしかない……。

「み……みんなと一緒に、いたいです……。アルベルト家の、養子に、なりたいです……」

きっと、今の私は顔を真っ赤にして、涙でくしゃくしゃの顔で、駄々をこねる子供にしか見えないだろう。

でも、きっとこのわがままが……私の幸せへの二歩目なんだ……。

子供らしく泣きじゃくることができた私は、前の世界で失った何かを取り戻すことができたんだ

と思う。

私の言葉を聞いて、フレル様は私を抱きしめた。

「ようこそ、アルベルト公爵家へ。我が一族はサキ・アメミヤを歓迎するよ」

「はい……はい……よろしくお願いします……」

フレル様の温かい胸の中で私はたくさんの涙を流した。その涙と一緒に、私の中に引っかかっていたものも、流れていった気がする。

初めて人に自分の気持ちを伝えられた……。怖かった……でも、言えた……。

私が泣き止やむまで、フレル様は優しく私を抱きしめてくれていた。


「それじゃあ、私たちのことは好きに呼んでいいからね」

まだ鼻をすすっている私に、キャロル様がにっこりと微笑みかけた。

好きなように……？　私は首を傾げて、いつものように声をかける。

「キャロルさ……」

「キャロル様以外でね」

あ……これはもしかして、フランとアネットにやったみたいな、呼び方決めの儀式……？

キャロル様はどんな風に呼ばれるのか、とても楽しみそうに私のことを見つめている。

家族になるって決めたんだから、呼び方なんて一つしかないよね……。

「マ、ママ……」

絞り出すように口にしたけど、やっぱり恥ずかしい。でも、憧れだったのよね……お母さんにママって言って甘えるの。

「かっ、かわいいわぁ～!!」

「ひゃあぁぁぁぁ！」

口にした途端、目がハート状態のキャロル様に抱きつかれ、私はまたしても悲鳴をあげた。

「フレル、聞いた⁉　ママって言われたわよ！」

「あ、ああ……そうだな」

フレル様がなんだかそわそわしているように見える……。

「パ、パパ……？」

「ああ、なんだいサキ！」

嬉しそうに返事をするフレル様。呼ばれてそんなに嬉しいの……？　フレル様にも、こんな一面があるんだね。

それを見て、アノル公爵様までそわそわし始めた。

「……じぃ、じ？」

「お、おぉ！　なんじゃ、サキよ！」

みんな満面の笑みなのは嬉しいけど、恥ずかしすぎるよぉ……。

前にも言われたけど、アノル様はもうすぐフレル様に譲位する。だからフレル様が公爵位を継承するまで、私はまだ養子じゃないはずなのに……もうこんなに親ばかなんて、もしかして、やばい家に拾われたのかもしれない……。

家族になることを決意して三分で、アルベルト公爵家のいきすぎたデレデレっぷりが心配になる。

でも、こんな嬉しい心配、初めてのことだな……。


話し合いが終わり、私は部屋に戻った。アネットはすでに眠っている。

ベッドに入って、さっきの気持ちをかみしめる。

私は素直に好意を受け取ることにした。みんなと一緒にいられることがとても嬉しい。

誰かといたいなんて、前の世界の私なら考えられなかった。

少しずつ、みんなのおかげで変わっている自分にドキドキしている。

早く明日にならないかなと期待を膨らませつつ、眠りについた。

10　王都へ

私たちは出発の準備を整えて、王都へ向かうことになった。

出迎えの時と同様、シャロン様とメアリさんが見送りをしてくれる。ただし、シャロン様はもう車椅子には乗っていない。自分の足で立ち、手を振ってくれている。

それを見て、キャロル様――ううん、ママが馬車の中で涙ぐむ。私も心があったかくなった。

フレル様――パパが公爵位を継ぐまでは、家族でいる時だけパパ、ママと呼ぶことに決めた。周りの人からも変に思われないように、当分はフランとアネットの「魔法の先生」という身分で過ごすことも決まった。

シャロン様のお見舞いも終わり、馬車は王都を目指して進む。その途中、もう一度私の住んでいた森を経由するそうだ。

そういえば、シャロン様は「ばぁば」ってことになるのかな……？　ちょっと恥ずかしいけど、正式に養子になったら呼んでもいいか聞いてみようかな。


移動中の馬車では、アネットとフランの魔法の練習を見守るのがお決まりになった。

フランはウィンドで葉っぱを空中に浮かせたままキープすることができるようになった。あとはここからスムーズに動かせれば問題ないかな。

一方アネットは――フレアの形をまだ変えられないでいた。

「なんでできませんのぉー!!」

何度も失敗を繰り返していたアネットが、とうとう大きな声を出した。

みんながびっくりしてアネットを見る。唇を噛んで、半泣きの悔しそうな顔になっている。

「うぅ、お兄さまは難しい風魔法でも上達されていますのに……アネットは簡単な炎魔法もできていませんわ……」

順調なフランと比べちゃって、焦っているんだろうな……。ここは私が何か、先生らしいことを言ってあげなきゃ……。

「アネット、魔力って、どこで作られるか、知ってる?」

アネットはきょとんとした顔だ。

私が自分の左胸を指さすと、アネットは自分の胸の同じ位置を押さえた。

「魔力ってね、心が作ってるの。アネットの心はね、今、すごぉーく焦ってるの……それが、魔法に伝わるの」

正確に言うと、魔力は心臓で作られる。そして発動に必要なイメージは、心の状態に大きく左右される。そう伝えると、アネットは真剣な顔で聞いてくれていた。

「炎の魔法で、重要なのは、落ち着き……だから、ゆっくり深呼吸、ね？　大丈夫、アネットは、いい子だから……」

「……はいですわ」

アネットはゆっくりと深呼吸をしてからフレアを唱える。

「むむむ……」

両手の間に現れたフレアが揺れる。しかし、揺れるばかりで形は変わらない。

そのうちフレアが消えそうになるのを見て、アネットが諦めたような悲しそうな顔を見せた。

私はアネットの前にしゃがむと、両手を外側から支える。

「アネット、深呼吸……」

アネットの手を通し、私の魔力でフレアを維持させる。アネットも言われた通り深呼吸をして、フレアに集中した。

「魔力を、伸ばすイメージで……」

落ち着かせるように言うと、アネットは真っ直ぐ炎を見つめて一生懸命集中している。

すると、ゆっくりとフレアの形が変わり、筒のような形に伸びた。

「で、できましたわ！」

アネットが喜んで声をあげると、その拍子に炎が消えてしまう。でも、形を変えるのは成功した。

アネットが私に抱きついてきたので、受け止めながら頭を撫でてあげる。

「よく、できました……」

そんな私たちを見て、ママがまたしても幸せそうにニマニマしている。

「ねえ、二人とも見て！　娘たちが可愛いわ～、微笑ましいわっ！」

小声で言っているけど、全部聞こえている……。ちらっとそっちを窺うと、ママだけでなく、パパやじぃじまでデレデレを抑えられていない感じだ……。

そんな視線が恥ずかしすぎて、私はそそくさと自分の席に戻った。


夜になると、馬車が私の洞窟の近くに着いた。

みんなが野営の準備を進める中、私は一人、クマノさんたちのお墓へ向かった。

お墓の前にしゃがむと、目を閉じて手を合わせる。

「クマノさん、あなたを魔物化させた人を倒したの……。でも、私はあの時、自分がわからなくなったの。あんなに怒りが込み上げてきたの、初めてで……もしかすると、これからも自分を抑えられない時が来るかもしれない。だから……見守っていてね……」

「サキちゃーん？　どこー？」

どこからか、ママの声が聞こえた。振り向くと、木々の間からママの姿が見えた。

「サキちゃん、こんなところにいたのね！　……それは、お墓かしら？」

「はい……友達の熊さんたちの……」

それを聞いたママは、私の隣にしゃがみ、お墓に祈りを捧げる。

合掌した私と違って、ママは指を握り合わせるポーズをしていた。文化の違いを感じる……。

「ごめんなさい……」

祈りを終えたママが、お墓に向かって呟いた。

「どうして、謝るんです……？」

ママはクマノさんたちに何もしていない……だから、不思議に思って尋ねた。

「サキちゃんが偽医者から聞いた話だと、あいつがサキちゃんの友達を魔物化させたのよね？　なんだか悲しくなっちゃって。私たち人間が干渉しなければ、サキちゃんの友達はまだ生きていたんだもの……」

ママは、自分の家族を襲ったクマノさんたちを恨んではいないんだ。それどころか、人間全体の問題として責任を感じてくれている……貴族という立場の人は、こういう考え方をするものなのかと感心した。

「ありがとう……ございます……」

「辛い思いをさせちゃった私に、お礼なんて言うことないわ……。これからは、私たちがあなたを守るわね。これはあなたの友達へ、私からの意思表示」

ママはそう言うと、魔法で作った一輪の花をお墓の前に置いた。

「きれいなお花……」

「この花はヤブデマリっていうの。花言葉は『覚悟』。この先何があっても、サキちゃんを守るという私の気持ちよ」

「……それじゃあ」

私も草魔法で、二種類の花を作る。一輪をクマノさんのお墓に置き、もう一輪はキャロル様へ渡した。

「初めて見るお花ね。なんて名前かしら？」

「私のいたところでは、カーネーション。花言葉は……母への、深い愛」

私はそう言ってママに抱きつく。

いつもは急にスキンシップをしてくるママが、どぎまぎした様子で言う。

「今日はいつもより甘えてくれるのね？」

「甘えたい、気分なんです……」

「そう、とても嬉しいわ……」

ママはそう言って、私のことを優しく抱きしめ返した。

ママって呼ぶのはまだ慣れないなって思っていたけど……優しいお母さんがいるのって、なんて幸せなんだろう。

ママがクマノさんたちのことを思ってくれたことも、すごく嬉しかった。

心のどこかで、この人たちに甘えてはいけないと思っていた。前世の家族のイメージが残っているから、親は迷惑をかければ私にひどいことをするっていう気持ちが消えなかった。

でも、ママは私のことを好きって感じがする……。ママたちは真剣に私のことを考えてくれているんだから、私もそれに向き合わなきゃいけないと思った。

「お母さまー？　お姉さまー？　どこですのー？」

離れたところから、アネットの声が聞こえてくる。

「あら、可愛い娘が探してるわ。行きましょう、サキちゃん」

「そう、ですね。妹が、探してますもんね……ママ」

私は勇気を出して、ママの袖を少し引っ張ってみた。前世ではいつも振り払われていたからすごく怖かったけど……ママは微笑んで私の手を握ってくれた。

ママと手をつないで、一緒にアネットのほうへ向かう。

「アネット～、サキちゃんと私はここよ～」

「ああっ、お母さまずるいですわ！　アネットもお姉さまと手をつなぎますの！」

走ってきたアネットが、私の空いている手を握り、笑顔でこちら見る。

私を真ん中に手をつないで歩く。優しいママに、可愛い妹……夢にも思わなかったけど、本当に家族になれたんだ。私は初めて、家族がいるという安心感を堪能する。

こんな人たちに甘えてもいいだなんて、前世の私はきっと嫉妬しちゃうね……。

翌日、ついに王都の城壁の前に着いた。たくさんの馬車や人が並んでいる。

「ひ、人が……いっぱい……」

「大丈夫ですよ、お姉さま。危ない人はあそこで捕まって、門の中に入れてもらえませんの」

この世界でこんなに人を見るのは初めてなので、人見知りが発動してしまう。アネットは理由を勘違いしたみたいだけど……門の中に入れないという話が気になった。

詳しく聞いてみると、王都では他の街と違って、犯罪歴の確認を行っているみたい。

「ここからなら見えないかな？　ほら、あの青い水晶でやるんだよ」

パパが指さしたほうを見ると、検問官らしき人が水晶を持って立っていた。

水晶が黄色になると軽犯罪、赤色だと重犯罪、黒色だと死罪になるほどの重罪を犯した人だとわかって、事情聴取されるらしい。ちなみに、やむを得ず人を殺《あや》めた場合などは青色のままとのこと。

そんなに詳しくわかっちゃうなんて、ハイテクなんだね……。

そのまま長い列に並ぶのかと思ったら、馬車は列を通り過ぎた。

聞くと、貴族は貴族門というところから出入りするみたい。悪い人に襲われるリスクも減るし、お供の人とかで人数が多いから、それに配慮してるんだろうね。

貴族門に着くと、全員で馬車から降り、通行証と水晶のチェックを受けた。

貴族だから顔パスとかはないんだね。意外とセキュリティがしっかりしている。

「通行証は……最近の発行ですね。では、水晶に触れてください」

検問官のお姉さんに言われる。犯罪はしてないはずだけど、さすがに緊張する。

私の触れた水晶は、無事青色に光った。

「ようこそ、王都エルトへ」

お姉さんがにっこり笑ってくれて、ほっとした。

こうして馬車は城門をくぐり、王都の中へ進んでいく。

ドルテオも人が多かったけど、エルトはさらに人がたくさんいる。

城門の周辺には緑がいっぱいで、池や川が流れているのどかな景色だった。そこから中心に行くにつれて、どんどんお家が増えて、賑やかになっていく。白い壁に、赤や青の屋根のお家が立ち並んでいる様子は、カラフルでワクワクする。遠くには教会やお城のような尖塔のある建物も見える。

そのうち馬車は、いちだんと活気のある場所に進んでいった。王都には四つの区があって、それぞれ別の役割を持っているらしい。ここは何区になるんだろう？

あ、サーカスのピエロみたいな人が大道芸をしている……。

あっちの屋台では、たくさんの種類のパンが売られている。いいなぁ、パン。焼き立てを食べたい。

何あの動物……犬？　猫？　ネルみたいな猫ちゃんだけじゃなく、シャルズにしかいない動物もいるんだろうなあ。

森で引きこもりだった私が、こんな賑やかなところにいるなんて……三年前には想像もしてなかったよ。

興味を惹かれるものがいっぱいある。食べ物に、服に……あぁ、これからの生活が楽しみだよぉ。

早く屋敷に着かないかなぁ。

「初めての王都にワクワクしてるのね。サキちゃん、可愛いわぁ……」

背後からママのメロメロな呟きが聞こえて、恥ずかしくなった私は大人しく席に戻る。

そのうち、馬車が広い庭園に入った――と思ったら、木々の立ち並ぶ庭を抜けて、大きな建物に近づいていく。

お城というか、宮殿にしか見えないけど、まさか……いや、まさかじゃないよね。これがアルベルト公爵家のお屋敷ってことだよね。

パパたちとは仲良くなったけど、公爵家という立場には、やっぱりまだ慣れそうにない……。というか、慣れる日が来るのかな……。

屋敷の中に足を踏み入れると、いきなり体育館レベルの広さがあるホールが広がっていた。豪華な階段があって、絨毯《じゅうたん》が敷いてあって、珍しそうな絵や壺が飾ってあって……これが、玄関……？

頭がくらくらしてきた……。本当にここに住むんだよね。迷子になりそうな気しかしない……。

私はクレールさんに案内されて、用意してくれたという自分の部屋に向かう。

「こちらです」

「ありがとう……ございます」

中に入ると、そこはすごく素敵な部屋だった。白を基調とした部屋に木製の机や椅子が置かれていて、ほっこりと落ち着ける雰囲気を感じる。

隣にはもう一つお部屋があって、中心に天蓋付きの大きなベッドが置かれていた。ベッドの側にはネル用と思われる小さなふかふかクッションも用意されていた。

肩に乗っていたネルがぴょんと飛び降りて、早速寝心地を確かめるように丸くなる。

私も、自分が十人くらい寝られそうなサイズのベッドを手で押してみる。

ふ、ふかふかすぎる……衝撃を受けて、つい寝そべってしまう。前世で、こんな柔らかさのマットレスを買おうか悩んだ末、金額に負けて諦めたんだよね。今日からここで寝られるなんて……。

そのあとクレールさんに連れられて、食堂やみんなのお部屋、お風呂などの場所も案内してもらった。

ちなみにクレールさんは、私の専属メイドさんになったらしい。なんでもお申し付けくださいと言われたけど、私は今のところ先生という立場だし、どちらかと言えば同僚なんじゃないかな……？

そう思いつつも、わからないことだらけなのは確かなので、ありがたくクレールさんに頼らせてもらうことにした。

自分の部屋に行こうとしても、絶対道に迷う自信があるもん……。

屋敷の案内が終わり、広すぎて結構へとへとになったところで、もう一度自分の部屋に戻ってくる。

「これから皆様が王都を案内してくださるとのことなので、玄関までお連れしますね。その前に……」

私がきょとんとしていると、クレールさんが笑顔でクローゼットの前に立った。


屋敷の外に出ると、すでに馬車が用意されていた。

扉を開けると、フランとアネットとママが座っている。

「サキちゃん！」

「お姉さま、可愛いですわ！」

私はさっきクレールさんがクローゼットから出してくれた服に着替えていた。

たくさん勧めてくれた服の中からなるべく派手じゃないものを選んだつもりだけど……白いフリルのたくさんついたワンピースは、ちょっと恥ずかしい……。

でもこんな可愛い服、前世では着られなかった。なんだかお姫様みたいで嬉しいな……。

馬車のみんなを見ると、ママとアネットが目を輝かせている。

「サキちゃん……やっぱりあなたは天使だったのね……。私の目に狂いはなかったわ……」

「絵本から飛び出してきたお姫様のようですわ……ね、お兄さま？」

「そうだね。その姿で街を歩けば、男子がみんな振り向くと思うよ」

「ダメよ！　サキちゃんに恋人なんて許さないわ！」

「アネットも許しませんの！」

私の新しい服について、三人で盛り上がっている……。

抱っこしたネルで赤くなった顔を隠しながら、なんとか馬車に乗り込んだ。

しばらくするとパパもやって来て、馬車が出発した。

最初に連れてきてもらったのは、商業区という場所だった。私たちは馬車を降り、徒歩で街を見て回る。

馬車は御者さんが預かって、また迎えに来てくれるらしい。それにしたって、一番偉い貴族なのに、護衛の人も連れずに出歩いて大丈夫なのだろうか……。どこかから命を狙われちゃうとか、ないのかな？

私は警戒して、辺りをキョロキョロと見回した。

「お姉さま、どうされました？」

「貴族って、護衛の人とか連れてるものだと思ってたから……危なくないの？」

「そんなこと気にしてたのね。大丈夫よ。ここは私たちの管轄だし、公爵家の顔は知られているわ」

私が首を傾げていると、パパが説明してくれる。

「王都エルトは四つの領地に分割されていて、それぞれを公爵家が治めているんだ。アルベルト家の管轄はこの商業区ということだよ。公爵家はグリーリア王国の中でも最高位の貴族として、王都の領地名を名乗ることを許されているんだ」

パパたちの治めるこの商業区は「アルベルト領」と呼ばれている。それを家名に入れて「フレル・アルベルト・イヴェール」っていうことだね。

他にも貴族区、平民区、農畜区なんてものがあるらしい。

「貴族に叙される時は魔法の能力が重視される。だから、爵位が高いほど強い貴族ということになるんだよ」

なるほど……それがグリーリア王国の常識なら、公爵と知りながらわざわざ襲ってくる人なんていないよね。

さらに、パパが身につけていたブローチを見せてくれた。そこには緑のオリーブをかたどった紋章がついている……これがアルベルト家の印らしい。これで公爵家の一員だって、すぐにわかるんだね。

パパはわりとお出かけが好きなようで、よく買い食いなんかをすると笑いながら話してくれた。

公爵子息様が、買い食い……？　なかなか想像がつかないけど……って思っていたら、パパが露店の人に気さくに声をかける。

「みんな、ご苦労。商売はうまくいっているかい？」

すると、働いていた人たちがいっせいに顔を上げ、パパに笑顔を向ける。

「ああ、フレル様！　おかげで今日も繁盛してますよ！」

「そうか、それは何よりだ。何か困り事があればすぐに相談してくれ」

パパが街を歩いていくと、次々に声をかけられる。

「あ、フレル様！　ギュウ焼きはどうだい？　今日仕入れたばかりだよ！」

「フレル様！　こっちのスープを試してみないかい？　味を変えてみたんだよ！」

「フレル様、フレル様、今パンが焼き立てなんだよ。お一ついかがかね？」

パパが色んな人から食べ物を勧められていて、慕われているのが伝わってくる。それにこの感じ、本当にいつも買い食いしているんだね……。

パパは色々な露店に立ち寄りながら、腰を痛めたおばあさんの様子とか、野菜の仕入れで揉めたのは解決したかとか、一人一人の事情を詳しく聞いて回っている。

ママに教えてもらったけど、公爵家の仕事は多岐にわたるらしい。

領民同士の揉め事や要望に対応して治安を維持することはもちろん、領地の経済発展のために行政の制度も整えなきゃいけない。書類仕事もたくさんあるという。

加えて貴族同士の付き合いをしたり、王族から領地外の調査や討伐のご命令を受けたりと、高い地位である分、大変なお仕事だそうだ。

聞いただけでも目が回りそうだし、責任重大なことが伝わってきた……。

そんな大変なお仕事をこなしながらも、こうやって笑顔で街の人たちを気遣うパパは、きっと理想の貴族なのだろう。領民の人たちはみんなパパを頼り、信頼しているのが見て取れる。

パパも街の人もみんな笑顔だ。うん、お仕事をするパパはすごいし、かっこいいなぁ……。

「サキ、何か食べたい物はあるかい？」

「え？　えぇっと……」

突然パパに聞かれて、慌てて周りを見る。

どこを見ても美味しそうなものがいっぱいで、急には決められない……。

「お姉さま、アネットはギユウ焼きが美味しくて好きですの！」

「じゃ、じゃあ、それで……」

アネットがお勧めしてくれたので、提案に乗っかることにした。

「ギユウ焼きか……よし、マダム。ギユウ焼きを五本頼む」

「はいよ、毎度あり！」

パパは買ったギユウ焼きを、早速みんなに配ってくれる。

「ほら、一人一本だよ」

「ありがとうございます、お父様」

「嬉しいですわ、お父さま」

「あ、ありがとうございます、パ……フレル様」

あ、危ない。家の外ではまだ呼んじゃダメなのに、二人につられてパパと言いかけた……。

バレたら怒られる……と思ってパパを見たら、口元を押さえて嬉しそうにしていた。
バ、バレてた……そして、喜んでた……。
恥じらいつつ、私もギユウ焼きを一本もらう。

ギユウ焼きの見た目は、前世にあったお肉の串焼きに似ている。タレがついててとても美味しそう……香ばしいいい匂いがする。

「んん～！　おいひいですわぁ」

ほっこりした顔でニコニコと肉を頬張るアネットを見て、私も一口食べる。

甘じょっぱいタレの味と、柔らかく熱いお肉の肉汁が、噛むたびに口いっぱいに広がる。すごく美味しぃ。

味つけのタレは、何が使われてるのかな……？　フルーティな風味を感じるけど、シャルズにしかない果物とか、野菜があるのかな……？

あぁ、美味しい……美味しいよぉ……。

「はぁぁ！　お姉さまが、あんなに幸せそうな顔をされていますわ！」

お肉を満喫していると、アネットの声が聞こえた気がしたけど……今はそれどころではない。

私はギユウ焼きを噛みしめながら、脳内タレ分析を続けるのだった。

ギユウ焼きを食べ終わってお腹も膨れ、つい顔が緩む。

はぁ、美味しかった……。食に勝る幸福ってないのかも。

幸せに浸っていると、ママとアネットから視線を感じた。

「どうか、した？」

アネットがハッとした様子でハンカチを取り出す。

「そ、その、お姉さまの口元にタレがついていますわ……でも幸せそうな顔があまりに可愛らしかったので、つい眺めていましたの……」

いや、ついじゃないよ⁉　私は受け取ったハンカチで、すぐに口を拭いた。

「早く、教えてほしかった……」

「ごめんなさい。あんなに幸せそうなお姉さまは初めて見ましたので……」

アネットはともかく、ママは早く教えてくれてもいいんじゃ……。

そういう目で見つめると、ゴメンねって感じで軽くウィンクされた。

は、反省してない……、確信犯だ……。

お礼を言ってアネットにハンカチを返しながら、これからはもう少し気を引き締めようと誓った。

と、思っていたんだけど……街を歩いていたら気になるものばっかりで、色んな場所にふらふらと引き寄せられてしまう。

「アネット、あれは？」

「あれは商業ギルドですわ。商売を始めるためには、まずギルドに登録する必要がありますの」

興味のあるものを見るたびにアネットやフランを質問攻めにしてしまう……。

「物静かなお姉さまがこんなに話しかけてくださるなんて、感激ですわ！」

「サキちゃんたら、あんなに色々なものに興味を持って……」

「サキがこんなに喋るなんて……これからは定期的にみんなで出かけようか」

背中から聞こえてくる声に、顔が赤くなる。私って普段、そんなに喋ってなかったのかな……。

これで最後にしようと思いつつ、王城の横にある建物を指差した。

「フラン、あれって何？」

「魔法学園だよ。初等科から高等科まであって、アネットが来月から入学するんだ。僕も通っていて、今度は初等科三年に進級するよ」

この世界にも学校があるんだ……。

「サキちゃん、魔法学園に興味があるの？」

ママが聞いてくれるけど、学校にはいい思い出がない。そもそもいじめられてたし……靴を隠されたり、無視されたり、やなことばっかりだった。

「少し、興味がある、くらいです……」

そんな思いから、ついごまかしてしまった。

でも、今は新しい世界に来て、素敵な家族ができた。学校で何かあっても助けてくれるし、相談にも乗ってくれるはずだ。

それにネルと勉強した以外にも、まだまだ知らないことはあるだろう。もっと魔法を強くしたいし、本当は興味がある……。

「サキ、学校に通ったことはあるのかい？」

――と思ったら、帰りの馬車でいきなりパパに尋ねられた。ママとの会話、聞こえてたのかな。

「……実は前に、違う学校に通っていました。そこでは、あまり、いい思い出は、ありませんでした……」

「そうか……」

パパが表情を曇らせ、気まずい沈黙が流れた。

パパは、きっと私の学校に行きたいって気持ちを察して声をかけてくれたんじゃないかな……なのに、つい昔のことを思い出して、ありのままに答えちゃった。

「で、でも……行けるなら、また行ってみたい……かも……」

パパの思いやりを無駄にしたくなくて、小さな声で口にする。

すると、隣にいたアネットが腕にしがみついてきた。

「アネットも、お兄さま、お姉さまと一緒に魔法学園に行きたいですわ！」

フランも続いて私に微笑んでくれる。

「そうだね……サキと学園に行けたら、きっと楽しいと思うよ」

「フラン、アネット……」

そんなこと言われたら、私もちゃんと自分の気持ちを伝えないと……。

「私、魔法学園に、行きたい……です」

「そうか！　それじゃあ、さっそく明日手続きをしよう！」

パパが嬉しそうに言う。

「サキはフランと同い年だから……三年生からだな。勉強はどこまでできるかな？」

「え？　えっと……？」

大卒だけど……シャルズの三年生のレベルなんてわからない。前世と同じ制度みたいだから、小学三年生なんだろうとは思うけど……。

「じゃあ、わからないところはフランに聞くといい。な、フラン？」

「もちろんだよ」

フランは快く頷いてくれる。アネットははしゃいだ様子で、座席の上をぴょんぴょんしていた。

「お姉さまと学園に行けるんですの？」

「そうよ～、アネットもしっかり勉強して、フランやサキちゃんみたいになるのよ」

「はいですわ！」

なんだか、アネットをはじめ、みんなが嬉しそうにしている。

一つの出来事を家族みんなが楽しみにしてるのって……とっても幸せな気持ち。

ナーティ様に可愛い女の子にしてもらえたし、新しいお友達なんかもできちゃったりして……百人くらい……！　うん、今なら楽しい学校生活を送れるかもしれない……そう思うと、急に行ってみたい気が増してきた。

よぉし、私も学校頑張るぞ！　目標は、友達百人！

……は、ちょっと難しそうだから、まずは二人くらいから頑張ろうかな？

四月の入学に向けて、アネットは張り切って魔法の練習をしている。

「フレア！」

アネットのフレアは、少しずつ形が変わるようになってきた。私のサポートで何かを掴めたのかもしれない。

フランもウィンドを使い、空中で葉っぱを動かせるようになってきた。そろそろ次の練習に移ってもよさそうだ。

私がそう提案するとアネットがむくれてしまった。

「お兄さまばかり、ずるいですわ!!」

「アネットは、もう少しできるようになったら、ね？」

「ぶー……ですわ」

ほっぺを膨らませるアネットに、フランは苦笑いをする。

「それで、次は何をするんだい？」

私は葉っぱを手に載せて浮かせる。その中央に、四角い穴を開けてみせた。

「宙に浮かせながら、葉っぱをくりぬく大きさのウィンドを、四つ同時に作るの」

「む、難しそうだね……でも、やってみるよ」

そう言って、フランも葉っぱを宙に浮かせる。

「あ、慣れるまでは、誰もいないところへ……」

「あっ……」

「ひゃぁぁぁぁ!!」

フランが小さく呟くと同時に、アネットが悲鳴をあげた。

フランのウィンドは、勢い余って葉っぱを真っ二つにした。それだけじゃ終わらず、アネットの身体ギリギリを掠め、地面に衝突して土を抉り取る。

アネットは横に飛んでかわしたけど、つんのめって地面に倒れていた……。

がばっと頭を上げると、土のついた顔で叫ぶ。

「お、お兄さま！　アネットを殺す気ですの!?　アネットはお姉さまのように強くないんですのよ！」

「いや、私も死んじゃう、から……」

いちおう小声でつけ足す。私も、魔法耐性はないからね……。

フレル様から聞いた……貴族の子供は、親の素質を受け継いで魔力量が多い。そのせいで、スキル化していない魔法を発動すると、力加減ができずに思いがけない威力になることもあるらしい。

ウィンドが通った後の地面には、削れた土の痕がしっかりと残っていた。

私が手を貸すと、アネットは立ち上がってさっと私の背中に隠れた。

その様子を見て、フランが焦ったように言う。

「ご、ごめんごめん。アネット、大丈夫？」

「お兄さまは魔法の練習の時、アネットのほうを向かないでくださいまし！」

アネットは私の陰から、フランをじとっと睨んでいる。よっぽど、怖かったんだね……。

「ごめんって。次の段階に行けたのが嬉しくて。今度からスキルのほうを使うよ」

スキル化された第一《シグル》ウィンドを使えば、固定化された第一《シグル》の威力しか出ない。

ただし、魔法の発動にはイメージが必要だ。だから同じ人が第一《シグル》ウィンドと唱えても、効果は変えられる。今みたいな風の刃にも、ドライヤーみたいな風にもできる。

スキル化すれば素早く効率的に発動できる反面、何を使うのかがバレてしまうので、強い魔術師は使い分けが上手いんだってネルが言っていた。

それから、学園に通うにあたって、もう一つネルから聞いた。例えば第一《シグル》の威力の魔法の発動はできるけど、スキル化はできていない場合——学園では、「【アプレント】第一《シグル》フレア」と唱えることで、威力が安定し、早くナンバーズとして習得してスキル化できると教えられているらしい。

ネルに言わせれば効果があるかはわからないが、一種のおまじないのようなものだそうだ。

私は習得の心得のおかげでその段階は飛ばしてしまったけど、魔法学園では魔法をそう使う子が多いらしい……。学園に慣れるまでは周りに合わせて唱えようかな。

11　魔法使いの学校

「えー、それでは皆さん。新しい学年が始まったところで、今日は転校生を紹介します。サキ・アメミヤちゃんです」

「さ、サキ、アメミヤ……です。よろしく、お願いします……」

先生の紹介を受けて、ぺこりと頭を下げる。

ちょうど学年が変わる四月に入学できて、運が良かったよね。

私は無事に魔法学園初等科・三年生のクラスに編入することができた。

そして、ついにこの時を迎えていた。第一の試練――転校生紹介だ。

「さっそくだけど、サキちゃんが好きなことって何かな？」

き、来た。たまにいるよね、早くクラス馴染めるよう、質問タイムを作る先生。

「読書と、魔法の、勉強……」

「お勉強が好きなんて立派ね！　それじゃあみんな、仲良くしてね」

指定された自分の席はフランの隣だった。机まで行くと、フランと目が合ってにっこりされる。

フランと同じクラスになったのは、パパの配慮だ。職権濫用な気がしなくもないけど、人見知りな私には心強い。ありがとう、パパ……。

席に着いて、周りを見回す。魔法の学校とはいっても、教室の風景は前世の教室とそんなに違わない。

最初の授業は【魔法歴学《まほうれきがく》】だった。シャルズで魔法がどんな風に生み出され、使われてきたかという歴史の勉強……。

一限目の授業が終わると、第二の試練が始まる……周りからの質問攻めだ。

「ねぇ、サキさん。サキさんってどこの街から来たの？」

来た、第一質問者！　その子をきっかけに、私の周りにどんどん人が集まってきた。

「サキ・アメミヤなんて、名前珍しいね！」

「魔法の勉強が好きなら、ナンバーズはもしかして第三《トリル》まで使えたりするの？」

「王都のどこに住んでるの？」

「え、えっと……えっと……」

アネットの十倍くらいの質問攻めが私を襲う。途端に緊張で心臓がばくばくする。ダメだ、これはダメだ……助けて精神耐性！

だけど精神耐性って、精神ダメージは防げても、人見知りによる緊張や挙動不審は防いでくれないみたいなんだよね……。それかまさか、発動しているからこの程度で済んでいるのかな⁉　それなら私、コミュ障すぎる……。

「みんな、サキは話すのが得意じゃないんだよ。そんなに騒がないであげて」

隣に座っているフランが、見かねた様子で助け舟を出してくれた。

「え、フラン君ってサキさんのこと知ってるの？」

「ちょっと事情があってね。僕の家に住んでるんだ」

「じゃあサキさんって、アルベルト家の養子ってこと⁉」

「養子じゃないんだ。なんというか……僕と妹の魔法の先生なんだよ」

「先生⁉　同い年なのに？」

フランが私の代わりに答えてくれている。でも、答えるたびにクラスの子たちがびっくりした顔になり、ますます私に視線が集まる。

変な子だと思われて、前世みたいに嫌われるのだけは絶対にやだよ……。

わいわい盛り上がっているところで休み時間が終わり、次の授業が始まった。

今度の授業、【魔法戦闘学《まほうせんとうがく》】は校庭に出て行われる。前世でいうところの、体育みたいなものかな。

「三年生になったので、模擬戦の許可が出ました。模擬戦は魔法戦、武術戦、複合戦の三種類があります。今日はルールを覚えながら、魔法戦をやってみましょうね」

先生が説明し始めたと思ったら、空中に黒い文字を書いていく。すごい、透明な黒板みたい。

「魔法戦のルールは簡単です。二人で対戦し、相手に魔法——つまり、魔力を込めた攻撃を二回当てたほうが勝ちです。判定はこの子たちがします」

先生が口笛を吹くと、燕《つばめ》のような鳥が二羽飛んできた。先生の両肩に一羽ずつがとまる。

「この鳥は【レフさん】と呼ばれています。一羽が一選手をしっかり観察していて、魔法がどちらかに二回当たった時点で合図してくれます。そうしたら、すぐに試合をやめてくださいね」

レフさんたちは敬礼するように片方の翼を上げた。ちょっと可愛い……。

「では、やってみましょうか。最初は……そうね、サキちゃんやってみる？」

うっ……転校生って初日は当たりやすいよね。もじもじと立ち上がる。

「それじゃあ、相手は……」

「はい、私やりたいです」

一人の女の子が手を上げた。きれいな赤色の髪を肩くらいの長さのポニーテールにしていて、意志が強そうな美人さんだ。ぴしっと手を挙げる仕草が凛《りん》としていて、しっかり者の優等生って感じ。

困ったなあ。注目されないように、うまく手加減できるだろうか……。

前にフランが第三《トリル》の威力までは発動できたって言ってたよね。ということは、私も第三《トリル》までなら使っても大丈夫だよね……？

せっかく新しい学校に来たんだし、今度こそいじめられないようにしないと……。

よし、まずは第三《トリル》まででいってみよう。

「それじゃあアニエちゃん、お願いね。二人とも、前に出て」

先生が手を挙げた子に声をかける。あの子、アニエさんって言うのか……。

私とアニエさんが前に出ると、レフさんが一羽ずつ、それぞれの肩にとまった。

先生に言われて、私はアニエさんと向き合い、右手を合わせる。

「これはお互いに正々堂々戦いますという誓いの所作なんです。不正はしないこと、いいですね」

おずおずと手を合わせると、アニエさんがじっと私の顔を見つめてきた。模擬戦とはいえ、真剣そのものって感じで、かなり緊張する。

私とアニエさんが少し離れたところで、先生が号令する。

「それでは……はじめっ！」

「第一《シグル》フレア！」

アニエさんが攻撃してきて、レフさんが空中に羽ばたいた。

「アプレント第二《ダブル》アクア」

私は飛んできた炎を水で消す。

「第一《シグル》ウィンド！」

「アプレント第二《ダブル》グランド・ウォール」

風《ウィンド》属性の刃は、土《グランド》属性の壁で防ぐ。

それにしても、普通の子と比べると、私ってほんとに規格外なんだな……。

アニエさんの表情は真剣そのものだし、この年齢で第一《シグル》をスキル化しているなんて、フランと同じくらいの実力者だ。本気で戦ってるのも伝わってくる。

でもクマノさんとか、偽医者と比べちゃうと、どうも……。

焦った様子を見せたアニエさんは、ひときわ大きな攻撃をくり出した。

「アプレント第二《ダブル》フレア！」

次の人たちもいるし、ここは早めに終わらせたほうがいいかな……。

「アプレント第二《ダブル》アクア・ミスト」

私は飛んできた炎を水で消しつつ、蒸気で霧の煙幕を作る。

「このっ！　アプレント第三《トリル》ウィンド！」

アニエさんはすぐに風《ウィンド》属性魔法で霧を消し飛ばす。

「そこね！　アプレント第二《ダブル》フレア！」

私を見つけたアニエさんが攻撃を仕かけてくる。

「はい……私の、勝ち」

「えっ⁉」

その時、アニエさんの左右で地面が爆発した。

私はオリジナル魔法スキル【魔力探知《まりょくたんち》】で、霧の中でもアニエさんの位置がわかっていた。だから飛脚《ひきゃく》を使ってアニエさんの周囲に魔法を仕込んでおいたのだ。

炎属性《フレア》と土属性《グランド》の二重付与《ダブルエンチャント》で、魔力を感知して爆発するようにしておいた。アニエさんも対応できなかったのだろう。

「ピィー‼　ピィー‼」

周囲で羽ばたいていたレフさんが、ホイッスルのような鋭い鳴き声をあげた。

「そ、そこまで！　アニエちゃん、大丈夫ですか⁉」

「だ、大丈夫……です」

威力は第二《ダブル》くらいにしておいたから、無事なはず……。

先生はアニエさんの無事を確認すると、ぽかんとしてこっちを見ながら呟く。

「ま、まさかアニエちゃんに勝っちゃうなんて……。先生、びっくりしちゃいました」

げっ……。な、なんかクラスのみんなも驚いてるように見えるんだけど……。

いや、大丈夫よ……ちゃんとアプレントって言ったたし、結局、第二《ダブル》までしか使ってないもん……。

「みんなもこんな感じで……は難しいかもしれないけど、こんな風に魔法が二回当たると、レフさんたちが教えてくれます。じゃあ、どんどんやっていこうか！」

先生が指示する傍《かたわ》らで、クラスの子たちがひそひそ話しているのが聞こえる。

「今の、見えたか？」

「ううん、霧で何も……。魔法二つをアニエにばれないように隠したってこと？　あんな短い時間で？」

「そ、そんなわけ……でも、あのアニエが気づかないってことは、やっぱりすごく速かったってことだよな？」

あ、あれ？　なんかみんな引いてない？　私……もしかして、やらかした？

別のクラスメイトが模擬戦を始めたところで、フランが話しかけてきた。

「サキ、すごかったね。学年トップのアニエに勝っちゃうなんて」

が、学年トップ……!?　ま、待って。フランだって貴族の子供ですごいはずなのに、そのフランを抜かして学年トップの子を私が負かした!?

それは、みんな引くよね。先にそういうの聞いておくんだった……。

「え、う、うーん。たまたま……かなぁ」

「たまたまで負けたんだったら、私はすごーくショックなんだけど？」

ごまかしていると、背後から声が聞こえた。振り返ると、アニエさんが立っている。

模擬戦の時と変わらずきりっとした表情をしていて……も、もしかして怒ってる!?

私は反射的に頭を下げた。

「ごっ、ごめんなさい……！」

「え？　何が？」

アニエさんが眉根を寄せた。さ、さらに怒らせた!?

「ば、ば、爆発……させて……」

「あぁ、そんなこと。あれは模擬戦でしょ？　私だってあなたにたくさん魔法を撃ったわ。お互い様でしょ」

さらっと言われて、ほっとする。本当に気にしてないみたい……。

と思ったのも束の間で、アニエさんに詰め寄られる。

「それにしても、何なのよあの魔法。初めて見たわ」

「へぇ、アニエでもそういうことあるんだね」

アニエさんに対して、フランはいつも通りの柔らかい雰囲気で接している。

アニエさんは他の子より大人びた雰囲気で、そっけない喋り方をする。そのせいで怖い子なのかと思ったけど、フランは仲が良さそうだし、きっといい子なんだよね……？

「私だって、同い年の女の子に負ける気なんてなかったけど……魔法の勉強が好きってだけあって、珍しい魔法が使えるのね」

「そ、そう、でもない……よ？」

「そうでもないって……私を負かしたのにどういうこと？　ちゃんと教えなさいよ」

アニエさんにぐいぐい迫られて、慌てる。で、でも、付与魔法《エンチャントマジック》のことなんて話せないよ……。

先生が「ちゃんと見学しなさーい！」と声をかけてきて、アニエさんはぷいっとそっぽを向いてしまった。

なんでこんなに食いつくのかなあ……。私はちょっと不思議に思った。


魔法戦闘学の授業が終わり、お昼休み。

フランの机に椅子を近づけて、一緒にお昼ごはんを食べる。

私のお弁当はクレールさんお手製のサンドイッチ。シャルズでの名前はわからないけど……前世で言うハムやトマト、レタスみたいな具がたくさん挟まっていて、とても美味しい。

「私も一緒にお昼ごはん食べていいかしら？」

そこへアニエさんもやってきた。近くの椅子に腰を下ろし、お弁当の包みを開く。

「珍しいね、いつも外で食べてるのに」

「さっきは途中で魔法の話が終わっちゃったから」

そっけなく言うアニエさんのごはんもサンドイッチだった。

見たことのない具が挟まっているけど、ベリー系かな……？

食べ物に気を取られていると、アニエさんが話し始めた。

「そういえば、まだ自己紹介をしてなかったわね。私はアニエス・ブルーム・オーレル。みんなはアニエって呼んでるわ。いちおう、フランと同じ公爵家の人間よ。よろしくね」

えっ、ブルーム公爵家のお嬢さん⁉

私はサンドイッチを落としかけた。公爵家は四つあるって聞いたけど、アルベルト公爵家以外の人にいきなり遭遇するなんて思わなかった。

自己紹介……は朝したから、もう話すことが思いつかない。ど、どうすれば……語尾を伸ばせば明るい気さくな子だと思ってもらえるかな……？

「よ、よろ、しくぅ……？」

「……なんで、語尾が疑問形なの？」

アニエさんが呆れた顔で呟いた。

や、やっぱりだめじゃん！　消え去れ！　私の人見知り！

「アニエ、ちょっと……」

フランがアニエさんを引っ張ると、耳打ちをし始めた。

何を話しているんだろう……。

きょとんと眺めているうちに、アニエさんが徐々に涙目になっていく。

「つ、辛かったのね……」

話が終わったところでアニエさんが近づいてきて、私をぎゅーっと抱きしめた。

フラン、一体何を言ったの⁉

パパはフランやアネットに「両親にひどいことをされ、ついには森の中に捨てられてネルと暮らしていた」という説明をしたみたいだけど……そのことでも話してくれたんだろうか。

「大丈夫よ、ここには怖い人はいないから……」

「アニエ、さん、苦し……」

想像以上に強く抱きしめられて、思わずうめき声を漏らす。

アニエさんは慌てた様子で手を放すと、すこし照れくさそうにした。

「あ、ごめんなさい……。あなたのこと、知らずに接してて悪かったわね。私のことはフランと同じように、呼び捨てにしてくれて構わないわ」

「でも、アニエさんは、公爵家の……」

「それはフランも一緒でしょ？　それとも、私とは友達になりたくないの？」

えっ……。今、同い年の子から初めて聞く言葉を言われた……。

「友達、に、なってくれるの？」

「当たり前よ。私、頑張ってる人や努力してる人が好きなの。サキは勉強が好きなんでしょ？　私も同じだから、一緒に頑張りましょう」

初めて同い年の女の子に名前で呼ばれた……ちょっと恥ずかしいけど、嬉しくて顔がゆるむ。

「うん、アニエ……ちゃん」

呼び捨てにはできなかったけど、照れながら名前を呼ぶ。

すると、なぜか頬を赤らめたアニエちゃんに、頭をぽんぽんされた。

「アニエちゃん、何……？」

「いえ……なんでもないの、よろしくね」

アニエちゃんが「何、この可愛い生き物」とぼそっと呟いた気がしたけど……何のことだったんだろう。

そのあと、アニエちゃんとサンドイッチを交換したりして、楽しいお昼ごはんタイムを過ごした。

そもそもお弁当がないことに頭を悩ませていた前世とは大違いだ。本当に、学校に来てよかった。

こうして私は目標の友達二人……の半分を、初日で達成したのだった。

12　アニエちゃんの事情

初日の授業を終えたところで、アニエちゃんが声をかけてきた。

「ねぇ、サキ。ちょっと寄り道していかない？　フランも」

放課後の……寄り道！

昔から憧れてたやつだ！　友達と帰り道で買い食いしたり、ゲームセンターへ行ったり！

まぁ、この世界にゲームセンターはないと思うけど、カフェくらいならあるのかな……。

わくわくしていると、フランが答える。

「僕は別に構わないけど、妹も一緒だよ。大丈夫かな?」

「ああ、アネットちゃんね。大丈夫よ。学校の中だし」

アニエちゃんとアネットは公爵家の集まりで何度も会っていて、すでに仲良しらしい。

それにしても、学校の中……? 学食とか、購買にでも行くのかな?

一年生のクラスでアネットと合流し、みんなでアニエちゃんについていく。

すると賑やかな音がする場所にたどり着いた。看板を見ると【遊技場《ゆうぎじょう》】と書かれている。

「わぁ……」

遊技場の雰囲気は、ゲームセンターそのものだった。実際行ったことはないから、あくまでイメージだけど……。

中には楽しそうな機械がたくさん並んでいる。雷の魔石で動いているらしい。

「ああ、そうか。三年生からは遊んでもいいんだっけ?」

「そうよ。私、早くやってみたかったのよ」

フランの言葉に、アニエちゃんが弾んだ声で答える。

この遊技場は、今の校長先生が楽しく魔法を上達させるために作った場所らしい。魔法を使ってゲームをするとポイントを獲得できる。ポイントは学校内限定ながら、学食や購買での買い物に使えるんだって。たちまち大人気になったとのことで、今も生徒たちでごった返している。

ただし、魔力量の問題で、利用は三年生からと決められているんだって。

「さて、どれからやろうかしら」

「アニエちゃん……あれは？」

気になる機械があったので、アニエちゃんの袖を引っ張る。

「あー、あれは的当てゲームね。魔法を使って的を狙うの。やってみる？」

アニエちゃんが学生証をゲームの機械に当てる。

こうして、ポイントを使うと動く仕組みなのか……なんか、プリペイドカードみたい。

「アニエさま、頑張ってくださいですわ！」

アネットはまだ一年生だけど、見学のみならオッケーらしい。

……というか、アニエちゃんにも「さま」付けしてたんだね。

「アプレント第二《ダブル》フレア！」

アニエちゃんが魔法を放つ。五回撃ったところでゲームが終わり、空中に成績が表示される。

結果は五回中、三回的中だった。

「うー、くやしい……」

全部当てるつもりだったらしいアニエちゃんはものすごく不服そうだ。

「じゃあ、次は僕の番だね。アプレント第二《ダブル》・ウィンド！」

フランは最近練習している風魔法で挑戦した。結果は五回中、二回。

「意外と難しいね……」

「でも、惜しかった……」

私は魔法の先生として励ましのコメントをする。

フランは第二《ダブル》の威力のウィンドでは、まだコントロールがいまいちなのだ。的には当たっていたけど、真ん中は外してしまっていた。

「それじゃあ、次はサキの番ね」

アニエちゃんに言われて慌てる。

私、ポイントなんて持ってないよ。実は前世でもお小遣いがなくてゲームセンターに来られなかったので、また遊べないのかなと悲しい気持ちなる。

「心配しないで、学生証に二千ナテずつ入れておいたってお父様が言っていたよ」

もじもじしていると、フランが教えてくれた。

この世界のお金は【ナテ】というらしい。話を聞く限り、一ナテが一円と考えてよさそうだ。

ナテはゲームを遊ぶのに必要な【ポイント】と互換性がある。このゲームは百ポイント使って遊べて、五回魔法を撃ち、四回以上当たれば二百ポイントもらえるらしい。

ちなみに、一日に使える上限額は千ポイントまでなので、一気にポイントを荒稼ぎするような真似はできないようになっている。

「お姉さま！　頑張ってくださいませ！」

アネットに応援されながら、右手の指で銃の形を作る。

「第一《シグル》ユニク・バレットオープン……」

あとはこっそりと水属性《アクア》を付与し、腕の周りに水の弾を浮かべた。

それを見て、アニエちゃんがうろたえた様子で言う。

「え、何その魔法？　サキ、的に当てるだけよ？　なんか目が怖いんだけど」

「スナイプモード、オン」

「サキ？　ねぇ？　黙々と魔法使わないで!?　なんか怖いから！」

さらに左手の親指と人差し指で輪っかを作って、そこから的を覗く。

これはネルと一緒に編み出した、遠くを狙うための魔法だ。

輪っかはスコープの代わりになっていて、森では百メートル先のアポルの実を撃ち落とせた。

「アクアバレット・ショット……五連射！」

私の指先から水の弾が放たれ、全弾が的に命中した。表示された成績は、もちろん五発中五発。

「やったぁ……」

思わず呟くと、アネットがぴょんぴょん飛び跳ねる。

「すごいですわ！　さすがお姉さまですわ！」

「う、うん。すごいね……」

一方でフランは何ともいえない表情をしているし、アニエちゃんはぽかんとしていた。

そこへ一人の男の子が偉そうに歩いてきた。後ろには、二人の男の子がお供のように付き添っている。男の子は、胸に青いバラがかたどられたブローチをつけていた。パパがしていたのに似てる……。もしかして、貴族なのかな？

彼はアニエちゃんをじろじろ見ると、威張った感じで声をかけてきた。

「おやおや、これは我がブルーム家の養子のアニエスじゃないか」

「アンドレ……何の用よ」

「何の用？　このアンドレ・ブルーム・ベルニエにものを尋ねるなんて、養子も偉くなったもんだ」

やっぱり貴族のお坊ちゃまだった。でも、アンドレのほうがよっぽど偉そうだよ。つり目で、目つき悪いし……ものすごく感じが悪い。

それよりも、アニエちゃんはブルーム家の養子だったの⁉　同じ養子なのに、私と全然扱いが違う。養子を差別する家もあるって聞いていたけど、アニエちゃんがこんな仕打ちを受ける理由なんてないはずだ。

そう思っていると、取り巻きの男の子たちまで騒ぎ始めた。

「アンドレ様が遊ばれるゲームにいつまでもいるんじゃない！　早くそこをどけ！」

むっとしながらも言い返せずにいると、フランが柔らかい物腰ながらもきっぱりと言う。

「ここはみんなで遊ぶための遊技場だよ。他の台も空いているし、僕たちが譲ることはないと思うけど？」

フラン、王子様みたいだよ……。周囲の女子たちが、目をキラキラさせながら見ている……。

「これはこれは。変わり者貴族、アルベルト家のフランじゃないか。さすが、商業区なんて下賤《げせん》な場所を管理しているだけあって、こういう場所にはいち早く来るものなんだねぇ」

そう言って三人は馬鹿にしたように笑う。

じ、自分たちだって遊びに来てるくせに……。こいつらアニエちゃんだけじゃなく、フランとアネット……それどころかパパやママまで馬鹿にしている。許せない！

「行きましょう、みんな。こんなやつに構ってたら時間がもったいないわ」

私も何か言い返そう……としたけど何も言えずにプルプルしていると、アニエちゃんが言った。

先頭を切ってその場を離れようとするアニエちゃんを邪魔するように、取り巻きの二人が立ちはだかる。

「邪魔なんだけど？」

「養子のくせに生意気な。アンドレ様に頭も下げずに行く気か？」

「頭を下げる？　言わせてもらうけど、養子の私はそいつと対等なの。いいから早くどきなさい」

取り巻きの背中に隠れながら、アンドレが怒って言う。

「なんだと？　ちょっと魔力が多いだけの養子の分際で、俺にそんな口を聞くのか⁉」

アニエちゃんはアンドレを恐い顔で睨む。

「養子養子って、うるさいわよっ！　悔しかったら私よりも優秀な成績を取ってみたら⁉　みんな、行くわよ！」

アニエちゃんは、お供の二人を押しのけてずんずん歩いて行った。

「アニエちゃん、待って……」

足早に歩いていくアニエちゃんに、遊技場を出たところで何とか追いつき、腕を掴んだ。

アニエちゃんは、はーっと大きくため息をついて言う。

「ごめんなさい、イライラしちゃって……せっかく楽しかったのにね」

「ううん、大丈夫……？」

アニエちゃんは私のほうを振り向くと、寂しそうに笑った。

「大丈夫よ、いつものことだから……」

いつもあんなこと言われてるの……？　そんなの、悲しいよ……。

アニエちゃんは強い女の子のはずなのに、なんだか前の世界の私を見てるみたいな気持ちになる。

思わず、アニエちゃんの頭を撫でていた。

「な、何よ！　私は平気だって……あ、れ……」

アニエちゃんの目から涙がぽろっとこぼれた。

「無理、しなくていいの……。アニエちゃんは、いい子だね……」

私がそう言うと、アニエちゃんの瞳から涙がどんどん溢れてきた。

「私、私……悔しい！　私はアンドレよりも勉強も、魔法も、頑張ってきたのに！　褒められるのはあいつばかり！　所詮《しょせん》は養子だ、本当の子供じゃない。そう言われ続けて……私だって好きで養子になったんじゃない！　なのに、頑張っても頑張っても、認めてもらえない！　私は公爵家の一員になれたんだから、頑張って当たり前だって！」

そうか、アニエちゃんは……とても頑張り屋さんなんだね。でも、周りの人は頑張ってもそれが当たり前だと思ってるんだね……。

それはとても悲しいことだ。私も、昔そうだったからわかる。

私の努力が足りないせいで、お父さんとお母さんは私にひどいことをする……。だから、もっと頑張らないと、一人でなんでもできないとって思っていた。

でも、一人で頑張るのはとても大変なことだ……辛いことだ……。

私はいつの間にか、昔の自分をアニエちゃんに重ねていた。

前世の私は、こんな時どうしてほしかったんだろう。そう考えたら、身体が自然とアニエちゃんを抱きしめていた。

「頑張ってたんだね、辛かったんだね……。アニエちゃんは、偉いね……」

「私は、うぅ……」

アニエちゃんはとうとう声をあげて泣き始めた。

そうだ、あの時の私も、ただ褒めてほしかったんだ……。頑張ったんだね、偉かったね……って。

私はアニエちゃんが落ち着くまで、そのまま頭を撫でてあげた。

「フラン、どうしてアニエちゃんは養子になったの？」

家に帰り、まだ重い気持ちのまま、みんなで居間にいた。私はフランに尋ねてみた。

あんな思いまでして、養子になる必要なんてあるんだろうか……。

「……アニエはもともと伯爵家の生まれだったんだけど、ある事件に巻き込まれて、小さい頃に孤児になったんだ。そのせいで孤児院で育ったけど、アニエは魔力量と属性の種類では、ずば抜けた才能の持ち主だった。そこにブルーム家が目をつけて、養子にしたんじゃないかな」

「事件って……？」

フランは顔を曇らせて答える。

「伯爵家当主だったアニエの両親をはじめとして、オーレル家の血縁者がみんな殺されたんだ。しかも、今でも犯人は見つかっていない」

信じられない。そんな恐ろしい事件に巻き込まれていたなんて……アニエちゃんがかわいそう。

アネットもしゅんとした様子で教えてくれる。

「アニエさまは、とてもお優しいんですの。いつもアネットとおしゃべりをしてくれて……フレアをアネットに教えてくれたのも、アニエさまなんですの」

アルベルト公爵家のような優しい貴族もいれば、アンドレみたいな心のない貴族もいるってことだね。

養子といっても、立場がこんなに違うなんて。話には聞いていたけど、目の当たりにするとかなりショックを受ける。アニエちゃんは、あんなにいい子なのに。

「貴族は、大変なんだね……」

「そうだね……、伯爵家だったアニエが公爵家になったんだ。爵位だけ見ればすごいことだろうけど、アンドレの態度を見たらね……家でもきっと、辛い思いをしてるんじゃないかな。ブルーム公爵家は貴族区を管理していて、特に身分を重んじるからね」

——頑張ってる人や努力してる人が好きなの。

アニエちゃんの言葉を思い出す。自分が人の何倍も、何十倍も努力しているからこその発言なんだろうなぁ……。

アニエちゃんのこと、助けてあげられないかなぁ……。

13 初めての行事

学校に通い始めてから、一週間が経とうとしていた。今日の授業はいつもと雰囲気が違う。

「さて、一限目はホームルームです。クラス長の選出と、クラス対抗戦のチーム分けを行いますよ。まずはクラス長を決めましょうか。やってみたい人や、やってほしい人はいますか?」

先生がそう聞いても、全員がしーんとしている。

「えーっと……みんな！　クラス長って言っても大変なことじゃないのよ？　たまに先生に報告をしたり、プリントを集めたり、イベントでまとめ役をしてもらうだけなの」

するとフランが手を挙げた。

「僕はアニエを推薦します」

「えっ、なんで私なのよ!?」

アニエちゃんはぎょっとしている。

私もびっくりだ。てっきりフランがやるつもりなんだとばかり……。

「みんなをまとめるのだったら、一番成績がいいアニエがやれば、誰も文句は言わないさ」

「それならサキのほうが……」

アニエちゃんは私のほうを見て、ふいに無言になった。そしてぷいっと前を向く。

「あーもう！　わかりました、やってみます」

アニエちゃんはキッとフランを睨みつける。一方の、フランはニコニコと笑っている。

あっ、もしかして……。

いくら成績がよくても私はコミュ障なので、人前でお話するのは辛いものがある……。

アニエちゃんを推薦すれば、事情を知っているから受けざるをえないし、私が辛い思いをしなくてすむ……フランはそう思ったのかな。

アニエちゃんはしばらくフランを睨んでいたが、フランはずっと笑顔を崩さなかった。
フ、フラン……もしかして、結構策士なのかも……？
私たちのそんな様子には気づかないみたいで、先生は嬉しそうにニコニコしている。

「ありがとう！　それじゃあ皆さん拍手〜。アニエちゃん、何か意気込みはありますか？」

「……じゃあ、引き受けるけど、何かあった時は私の言うこと聞きなさいよね！　よろしく！」

ふくれっ面だけど、意外と満更でもなさそう……そんなアニエちゃんに、私も拍手を送った。

「では、次はクラス対抗戦のチーム分けですね。五人一組で戦いますので、うちのクラスでは四チームを作りましょうか」

先生が告げると、クラス中がわっと盛り上がった。

クラス対抗戦……ってなんだろう？　首を傾げていると、アニエちゃんが教えてくれた。

「あ、サキは知らないよね。魔法学園では初等科三年生から、各学年ごとに魔法によるクラス対抗戦をするの。けっこう大きなイベントで、他の学年や親も見にくるのよ」

なるほど……イメージだけど、授業参観と運動会を足して二で割った感じ？　学校らしいイベントだなあ。

「私も二年生の時に見たけど、すごく盛り上がってたわ。それに各学年で一番活躍した生徒は、ポイントがいっぱいもらえるんだって！」

ポイントがいっぱい……それは、かなり魅力的かも。

「それじゃあ、やるからには優勝目指していくわよ」

クラス長になったアニエちゃんが、さっそく前に出て言う。先生が使っていたのと同じ空中に文字を書く魔法を使い、サラサラとチーム編成を記入していく。

その間に先生が対抗戦のルールを説明してくれた。

初等科三年生は、二十人のクラスが六つある。一クラスにつき四チームが作られ、計二十四チームがトーナメント方式で戦う。

競う内容は、【オブジェ破壊戦】。自分と相手の陣営にそれぞれ三つのオブジェが設置されていて、先に全て破壊したほうが勝ちだ。

ちなみに時間制限もあり、三十分経過した段階で試合は終了。破壊数が多いチームが勝利となる。

アニエちゃんが編成を書き終えると、私はアニエちゃんチームの所属になっていた。メンバーは、リーダーがアニエちゃん。残りはフランと私と――あと二人、メンバーが書かれている。だけど、どっちも知らない子だな……。

アニエちゃんの編成は完璧だったみたいで、文句を言う人は誰もいなかった。残り時間を使って、各チームの顔合わせが始まる。

「じゃあ、さっそく作戦を立てていくわよ！」

メンバーを前にして、やる気満々のアニエちゃん。私はその袖をおずおずと引っ張る。

「あの、知らない子がいる、から……紹介、して……」

「ああ、サキは話したことなかったの？」

すると、割り込むように男の子が話しかけてきた。

「はい!! 自分はオージェ・ランドンっす！ 得意魔法は雷属性《エレクト》っす！ よろしくっす！」

オージェと名乗った男の子が、眉毛をキリッとさせながら言う。こ、声がでかい。

オレンジに近い髪の毛を短くしていて、はいている半ズボンも相まって活発そうに見える。一生懸命な感じが親しみやすくはあるけど、なんとなく、おっちょこちょいそうかも……？

続けて、もう一人の女の子が優雅に会釈した。

「はじめまして。ミシャ・フュネスと言います。得意魔法は水属性《アクア》です。よろしくお願いしますね」

ミシャさんは青色の髪を三つ編みにしていて、メガネをかけている。大人しくて、優しそうな印象ながら、こだわりのあるお洋服を着ている。

とてもおしゃれさんな雰囲気で、女の子らしいおしとやかな子だなあと思った。

「私、は、サキ・アメミヤ……よろ、しくぅ……」

私は頑張って笑顔を作りながら挨拶した。よし、今度はちゃんと語尾を伸ばせたはず！

「よ、よろしくっす」

「よろしくね……」

だけど、二人ともあいまいな笑顔を向けてくる。結果はまた惨敗だったようだ……もう、人と話すのって難しいな……。

　こうして、私たちは作戦会議を始めた。

　オブジェ破壊戦では、相手陣営のオブジェを壊しに行く【オフェンス】と、自陣営のオブジェを守る【ディフェンス】が必要になるらしい。

「役割分担なんだけど、みんなはどうしたい？」

「俺はオフェンスがいいっす！　ディフェンスはなんか考えなきゃいけないことがたくさんあって難しそうっす！」

　アニエちゃんに、オージェが勢いよく手を挙げる。率直に言うと、アホの子の雰囲気を感じる。

「私はディフェンスがいいです……私の魔法でオフェンスをするには、強さが足りません。ディフェンスなら少しは役に立てると思います」

　ミシャさんはそう言うと、右手で眼鏡を上げる。オージェと対照的に、冷静に分析している。

「五人で一チームだから、オフェンスとディフェンスには必ず偏《かたよ》りが出るよね。オブジェは三つあるんだし、三人をディフェンスに回そうか？」

　フランはまず人数の振り分けを考えているみたい。

「オブジェは三つとも近い場所にあるから、二人でも守れると思うわ。破壊された時にオフェンスが少ないと不利になる一方だし、ディフェンス二人、オフェンス三人にすべきだと思うの」

「なるほど……それじゃあ、まずは誰をオフェンスにするかだね」

フランとアニエちゃんが真面目に作戦を立てていると、またオージェが勢いよく割り込んだ。

「はいはい！　俺っす！　俺がやるっす！」

「わかったわよ！　それじゃあ、オージェはオフェンスね」

「よっしゃー!!」

「声がでかい！　うるさいから少し黙りなさい！」

「ひどいっす!!」

容赦《ようしゃ》ないアニエちゃんとオージェのやり取りを、みんなで笑って眺める。

「僕もオフェンスにしようかな。ちょっと考えもあるし……」

フランが呟いた。肝心の考えについては「まぁ、本番までのお楽しみだよ」と言って濁されてしまう。

そして、アニエちゃんもオフェンスに決まる。私はミシャさんと二人でディフェンスをすることにした。

初めての対抗戦だし、みんなのためにもせっかくなら勝ちたい。ルールをよく知らない私だとオフェンスについていけるかちょっと不安だ。一方ディフェンスはキーパーみたいなものだから、私でもできそうな気がする。

「じゃあ来月の対抗戦まで、放課後に特訓していくわよ！」

みんなで作戦を考えるとか、特訓とか……部活みたいで楽しいな。

――クラス対抗戦まで、残り二週間になった。

私たちは毎日特訓に励んでいた。オージェはおっちょこちょいで、ちょっとへたれだけど、明るいムードメーカー的存在だ。

ミシャさんはあまり人と話さない大人しいイメージの子だ。教室で見かけても、本を読んでいることが多い。

「ほら、オージェ！　もっと早くこっちの陣地に上がってきなさいよ！」

「負けらんねーっす！」

オフェンスのアニエちゃんとオージェは模擬戦をたくさん行い、攻撃力を強化していた。

「ミシャさん、水魔法の他に光魔法が使えるなら、それも活かそう……」

ディフェンスの私とミシャさんも、練習を重ねている。

対抗戦のルールはオブジェを破壊することで、戦闘学みたいに相手を倒すことではない。そこをポイントにして作戦を練ることにした。

たっぷり二、三時間特訓したところで、ようやくアニエちゃんが言う。

「そろそろ休憩しましょうか」

オージェはすでに地面にへたり込んでいる。

「さんせーっす。もう動けないっす……」

「情けないわね」

「そうは言っても、アニエがめちゃくちゃ強いっすもん！　なんなんすか！　鬼っすか！」

オージェのお腹にアニエちゃんの右足がヒットした。

「誰が鬼よ！　そんなんであんたが最初に戦闘不能になったら許さないからね！」

「脇腹は……脇腹はダメっす……」

地面をのたうち回るオージェに、アニエちゃんがフンと鼻を鳴らす。アニエちゃん、厳しい……。

でも、女の子に鬼なんて言うからだよ……。


私はベンチに座るとお茶を飲んで一息つく。そこへミシャさんがやって来て、隣に座った。

「サキさんは魔法だけでなく、体術もお上手ですよね？　私はあまり得意ではなくて……いい先生がいたんですか？」

体術は素手で戦う以外にも、剣や槍などの武器を用いる場合がある。

ミシャさんを見ていると、どれもあまり動きがよくない……自分でも気にしてるんだね。

私は森での暮らしを思い出しながら答える。

「……そうだね。いい先生が、二人いたの。一人は、たくさんの技を、教えてくれた。今でも一緒にいるよ」

そういって手首にはめているブレスレットに触れる。

実は私が学校にいる間、ネルはブレスレットに変身して、行動を共にしてくれている。

夢で再会したナーティ様が言っていた、ネルの新しい魔法。その一つが、この【チェンジ】だった。ブックの一段上の魔法で、本だけでなく、自由なものに変身することができる。

「もう一人はね、毎日組み手をしてくれたの」

「毎日組み手ですかぁ……大変そうですね」

「そうでもないよ？　優しいし、その子供とも一緒に組み手したんだよ。可愛いかったんだ……」

「お子さんですか……家族で一緒に出かけたりしたんですか？」

「ううん、私に家族はいないから。組み手してくれた家族も森から出たことはなかったと思うよ。熊だし」

「えっ？　熊!?」

ミシャさんが慌てて聞き返す。

「熊と組み手をしてたんですか？　技を教えてくれたのも、熊さんだったりするんですか!?」

「ううん。そっちは、猫……」

「猫!?　じゃあ猫さんから技を、熊さんからは体術を習ったんですね？」

ミシャさんはぽかんとしていたけれど、しばらくすると、小さく肩を揺らし始めた。

「ふふふ……」

ミシャさん、笑っている。何か、おかしなこと言ったかな……。

「笑っちゃって、ごめんなさい。……サキさんは不思議な雰囲気があって、ちょっと近寄りがたかったんです。でも話してみたら、とても可愛い人なんだなって思いました」

可愛いなんて、照れる……でも、なんでそう思ったのかな。熊と猫と特訓してたなんて言ったから、メルヘンな場面を想像したんだろうか。

ミシャさんはなぜか今の話がツボだったみたいで、眼鏡をはずして涙をぬぐった。ニコッと笑うと、尋ねてくる。

「これからは、サキちゃんと呼んでもいいですか？」

「え…？　うん、いいよ……」

「じゃあ私のことも好きに呼んでください」

「じゃあ、ミシャ……ちゃん」

私がもじもじしながらそう呼ぶと、ミシャちゃんが口元を押さえて、勢いよく反対を向いた。

「サキちゃん、可愛いすぎです。これは反則です……」

何かぼそぼそ呟いているのが聞こえてきて、思わず呼びかける。

「ミ、ミシャちゃん……？」

「い、いえ！　なんでもないですよ……サキちゃん、もしよかったらうちの洋服屋さんに来てくださいね。サキちゃんと猫さんや熊さんのお話を聞いたら、新しいお洋服を作りたくなっちゃいました」

ミシャちゃんのファッションが可愛いのは、洋服店の子だからなんだね。

大人しいイメージだったミシャちゃんだけど、メルヘン好きな可愛い趣味の子なんだとわかった。

14　クラス対抗戦

そして、クラス対抗戦当日。私は、なんだかワクワクしていた。

特訓の成果を試すのって、考えてみると森の生活以来だ。

「サキって意外とバトル好きだよね」

フランが苦笑いしながら言う。あまり自覚はないけど、そうなのかな。

「ええ。それと、手加減とかしないわよね……」

アニエちゃんにも言われる。してるつもりなんだけどなぁ……。

私が首を傾げていると、フランとアニエちゃんはさらに苦笑していた。

「でも、そういうところも可愛いですよ」

ミシャちゃんは目を輝かせながら私の手を取る。

そういうところって、どういうところだろう……。

「なんでみんな、そんな余裕なんすか！　俺なんて、さっきから膝が震えまくってるっす！」

オージェは緊張しているのかガタガタ震えており、顔が真っ青だ。

「あんたって、バカそうに見えて繊細なのね……意外すぎてめんどくさくなってきたわ」

「さすがにこういう時くらいは励ましてほしいっす！」

相変わらずアニエちゃんにそっけなくされて、オージェが叫ぶ。

「あっ、前の試合が終わったよ。そろそろ行こうか」

オージェに追い打ちをかけるようにフランが言った。

「ま、待つっす！　まだ心の準備が……」

「できてないんだったら今すぐしなさい！　サキ、ミシャ！　オージェを引っ張って！」

私とミシャちゃんがオージェの両腕をそれぞれ掴み、アニエちゃんがオージェの背中を押す。

「やめるっす～！」

こうしてオージェを無理やり連行し、会場の中に入った。

クラス対抗戦は学校の体育館で行われる。

中は観客でいっぱいだった。上級生たちや親たち、街の人に、貴族らしき人もいる。

オージェではないが、これだけ人がいると私も緊張してしまう。そういえば、パパとママも見に来てくれているらしいけど……だめだ、見回してもどこにいるか全然わからない。

会場は、前世の学校の体育館と比べて何倍もの広さがある。まるでスタジアムのようだ。

「ひ、人がいっぱいっす……」

「ここまできたら観念しなさいよね」

「勝てば大丈夫さ。オージェ、期待してるよ」

「そんなこと言われてもっすね……」

まだおどおどしているオージェをみんなでからかっていると、突然アナウンスが響いた。

「さぁ！　次に登場したのは初等科三年生、一組のアニエスチーム！　対するは三組のコーザチームだぁ！　どんな戦いになるのか⁉　では選手は開始位置についてください！」

な、なんか本格的なスポーツ大会みたい。すごいな魔法学園。

「さぁ、いくわよ！」

私たちはオージェを引っ張って、自分たちの陣営に入り、オブジェの前に立った。

「それでは、ステージを選択します。ルーレットぉ……スタート！」

天井近くにある大きなモニターに、勢いよく様々な風景が映し出される。しばらくすると、「森」の画面に止まった。

「森ステージ！　ステージを変化させます！」

アナウンスがそう告げると、床からどんどん木が生えて、気がつけば辺りは森のような景色になっていた。

体育館には様々な属性が備わっていて、色々な地形を再現できると聞いてたけど……こういうことなんだね。

「それでは、試合開始です！」

「作戦通りいくわよ！」

アニエちゃんのかけ声で、全員が動き出した。

私とミシャちゃんはディフェンスの準備に取りかかる。

「ミシャちゃん、こっちに水の糸を……」

ミシャちゃんの得意な水魔法を利用して、オブジェ近くの木に水の糸を張り巡らせる。糸には粘着性があり、相手チームの侵入者を絡めとることができる。

「二重付与《ダブルエンチャント》・【音爆弾《サウンドボム》】」

私はその糸に魔法を付与した。音爆弾《サウンドボム》は私が森にいる時にトラップとして開発した魔法だ。糸が揺れたり、何かが触れると風魔法で圧縮した空気に炎魔法で爆発を起こし、大きな音を出す。爆発に攻撃力はほぼないが、侵入者の発見などに便利だ。

森では紐に魔法をかけていた。今回は持ち込める道具が一チーム一つまでだったので、ミシャちゃんの水魔法と合体させることで乗り切ることにした。

ちなみに私たちのチームが持ち込んだのは、ミシャちゃんの魔力強化のための杖だ。

罠を張り終えたところで、真ん中のオブジェで待機する。

それぞれのオブジェは十メートル間隔くらいで設置されている。真ん中からならすぐに対応できるはずだ。

さっそく左のオブジェ付近で罠が爆発した。

「……！　サキちゃん！」

「うん、行こ」

私とミシャちゃんはこっそり音のしたほうに近寄り、木の陰から様子を窺う。

すると、水の糸に足をとられた相手チームの姿が見えた。ミシャちゃんが口を開く。

「いました！　相手は二人です！」

私とミシャちゃんはそれぞれ狙いを定め、すぐに魔法を放った。

ちなみに、対抗戦に参加する前に、学校からは特殊な首飾りを渡されている。

身体に当たったダメージを計測し、肉体が限界を迎える前に闇《ダクネ》属性の魔法で眠りに落とされる――つまり、死ぬ前に戦闘不能状態にしてくれる仕組みらしい。

「アプレント第二《ダブル》アクア・スラッシュ！」

「アプレント第二《ダブル》ライト・バリア！」

ミシャちゃんが放った水の刃を、相手はバリアで防ぐ。

「アプレント第一《シグル》グランド・ショット！」

「アプレント第二《ダブル》ウィンド」

相手に土《グランド》属性魔法で石を放たれ、それを風で弾き返す。

早く倒して、ミシャちゃんのフォローをしないと……。

「アプレント第二《ダブル》アクア・カーペット」

私は相手の足元に水を広げる。

「な、なんだ!?」

足元を水浸しにされた相手がうろたえているうちに、追い打ちをかける。

「アプレント第二《ダブル》エレクト」

「ぐあぁぁぁぁ!」

広げた水に雷《エレクト》属性の魔力を通して、感電させた。予想よりもダメージが大きく、相手は一撃で戦闘不能になった。

ミシャちゃんのほうを見ると、接近戦に持ち込まれているようだ。

相手が木刀を振り回しているのに対し、ミシャちゃんの武器は打撃に向いていない杖。ただでさえ接近戦が苦手なミシャちゃんには、さらに厳しい状況だ。

「アプレント第二《ダブル》プラント・ブレード」

私は草《ウィード》属性魔法で近くの木から木刀を作り出した。

「も、もう……きつい。あっ……」

必死に杖で木刀を防いでいたミシャちゃんが、草に足をとられ、後ろへ転ぶ。

そこへ相手が、すかさず木刀を振り下ろした。

「飛脚《ひきゃく》」

慌てて助けに入る。相手の攻撃を木刀で受け止め、ミシャちゃんのほうを振り返った。

「ミシャちゃん、大丈夫……？」

「は、はい。なんとか……」

「くそっ！　二人まとめて倒してやる！」

相手はそう言って木刀を振るうが、全てをいなす。偽医者の影打ち《シャドウ》に比べれば簡単なことだった。

「ネル流剣術スキル・【刺々牙き《ささが》】」

相手が疲れて隙ができたところで、木刀に武術スキルを込める。

それで数合打ち合うと、相手の木刀はあっけなくバラバラになった。

「な、なんで木刀で木刀が切れるんだ!?」

「さぁ、ね？　ネル流剣術スキル……【飄刺《ひょうし》】」

私は高速の突きを相手のお腹に繰り出した。

相手は私たちの陣地を越え、森の中に吹っ飛ぶ。しばらくすると、どこかの木に激突したような音が聞こえた。

おっかしいなぁ……魔力はあんまり込めてないはずなんだけどなぁ……。

一部始終を見ていたミシャちゃんは、ぽかーんと杖を持ったまま固まっていた。

「ほ、ほんとに手加減のない……サキちゃんが味方でよかったです……」

私はしりもちをついていたミシャちゃんの手を取って起こしてあげると、一緒に真ん中のオブジェへ戻る。

「……そういうところも、可愛いですけど」

ミシャちゃんが何かをぼそっと呟いたのが、背中から聞こえた気がした。

◆

「アニエ、さっき僕らの陣営に走ってく影が見えたけど、大丈夫かな？」

オフェンスとして敵陣営に向かっていると、フランが走りながらそんなことを言う。

ほんとにこの男は……見た目は爽やか王子様のくせに、自覚があるのかないのか、人を不安にさせることを言う。

「大丈夫よ、ディフェンスにはサキがいるんだからね」

「まぁ、それもそうだね。ところで、オージェは大丈夫かな？」

「俺はできる、俺はできるやつだ、できるんだ……」

フランに言われて目をやると、オージェはうつろな目でブツブツ言っている。

もう……このチームの男どもは！

ついて来てるだけありがたいのかもだけど、もっとしっかりしてほしい！

「オージェ、いい加減にしなさいよね！　そろそろオブジェに……っ!?　散って！」

私がそう叫ぶと、炎の球がたくさん向かってきた。

私もフランたちも、左右に散ってなんとかよける。

「オージェ、左オブジェへ向かいなさい。一つ壊せたらさっきまでのヘタレっぷりは許してあげるわ」

「許すっていうか、冷たすぎじゃないっすか!?」

「いいから行きなさい！　あんたから燃やすわよ！」

「扱いが雑っす〜！」

オージェは半泣きで文句を言いながらも、そのまま左へ走っていった。

「フラン、右いける?」

「もちろん」

フランは私の意図を読んでくれたのか、右オブジェに走って行った。

◆

アニエが僕とオージェを行かせたのは、アニエが敵を引きつけたうえで、片方だけでもオブジェを破壊する作戦なんだろうけど……まだ一回戦なんだから、リーダーはもう少し力を温存してくれてもいいのにな。

アニエに加勢するためにも、なるべく素早く破壊しなくてはいけない。

森を進むと、相手陣営の右オブジェを見つけた。しかし、相手のディフェンスが一人立っている。

アニエの戦闘音が聞こえたみたいで、仲間を助けに向かうかそわそわしている様子だ。

隙だらけ……チャンスだ。だけど、この距離から僕の風魔法が届くだろうか……。

考えてる時間は惜しいけど、ここはしっかりと準備をしよう。

僕は試合前から考えていた戦い方を試してみることにした。

「第一《シグル》ウィンド！」

声に反応して、相手が僕を見つけ、防御の態勢に入る。

「アプレント第二《ダブル》グランド・ウォール！」

風《ウィンド》属性の攻撃が、土《グランド》属性の壁で防がれた。やっぱり距離が離れているし、威力が足りない……。

「アプレント第一《シグル》フレア！」

「第一《シグル》ウィンド！」

今度は向こうから攻撃してきた。炎の球を、風の刃で相殺《そうさい》する。

相手の属性は土と炎みたいだ。他にも持っている可能性はあるけど、「とっさに使う魔法がその魔術師の得意魔法だ」ってお父様が言っていた。それにのっとるなら、相手の得意属性は土だろう。

土……僕の風とは相性が悪い。

しばらく僕と相手の魔法の撃ち合いが続く。炎《フレア》属性攻撃は風《ウィンド》属性で打ち消し、土《グランド》属性魔法は回避をくり返す。

そのうち、相手の攻撃回数が増えていく。

きっと僕が風魔法しか使えないと判断したのだろう。それなら回避や防御が簡単だから、攻撃に集中することに決めた……ってところかな。

「そろそろかな……アプレント第三《トリル》ウィンド！」

僕は相手とはまったく違う方向に、大きな風の刃を放った。攻撃を見て、相手が馬鹿にしたように笑う。

「はっ？　どこに撃ってる！」

「どこって、それは……」

自分からもオブジェからも大きく外れた風の攻撃を、相手はただ見ているだけだった。

「もちろんオブジェだよ」

何もない空間で風の刃が弾けた瞬間、アナウンスが響く。

「試合終了ーー！　オブジェ全破壊で、勝者・アニエスチーム！　最後の攻撃はフラン選手！　見事な一撃で敵を倒さずオブジェを破壊したーー！」

「あれ、オージェが二つも壊してくれたんだ。アニエには見せ場を作ってあげられなかったな……」

「そ、そんな！　オブジェは俺の後ろに……」

相手がうろたえながら振り返る。そこにあったオブジェは揺らいで見えなくなり——僕のウィンドが当たった位置に、壊れたオブジェが現れた。

「ごめんね、僕の使える魔法は風だけじゃないんだ。でも、気がつかなかったでしょ？　闇属性《ダクネ》魔法の幻覚で君の目に映るオブジェを少しずつずらしていたんだ」

アルベルト公爵家は代々風属性《ウィンド》を得意としているんだけど、僕はどっちかといえば闇属性《ダクネ》魔法と相性が良かった。

だから、サキからこっそりと練習を受けていた。闇属性《ダクネ》は精神干渉の特性を持つ。例えば相手に幻覚を見せたり、幻聴を聞かせたりすることが可能だ。

「い、いつ!?　そんな大がかりな魔法、使ってる素振りはなかったぞ！」

「君が戦闘音を聞いて、そわそわしてる時かな。でも、うまくできてよかったよ。いい試合だったね」

僕はにっこりと微笑むと、握手しようと相手に手を差し出す。

「……性格悪いな、お前」

相手はむすっとしながら、そう言って僕の手を握った。

「ありがとう、褒め言葉と受け取っておくよ」

僕はそう言い残して、アニエのところへ戻った。

15　決勝戦

「いや～、初戦は俺の活躍が光ったっすね～！」

初戦を終えてから、オージェはずっとこんな感じだ。

オブジェを二つ壊したのを得意げにしている。

アニエちゃんはそれをじと～っとした目で睨んでいる。フランと私は慌ててなだめにかかった。

「ま、まあアニエちゃん、勝ったんだからさ」

「そ、そうだよ、アニエ、アニエちゃん……」

「別にぃ？　気にしてないわよ」

うう、明らかに機嫌が悪いよぉ……。アニエちゃんは腕組みをしてそっぽを向いている。

「アニエ、どうしたんすか？　あっ、もしかして、オブジェを一個も破壊できなかったせいっすか⁉

でも、俺がいるから次も大丈夫っすよ～。新エース誕生っす‼」

最初は子ヤギのようにプルプルしていたのに……試合が終わったとたん、オージェはドヤりまくっている。

そんなオージェを不満げに見つめるアニエちゃん……ちょっとオージェ、火に油を注がないで！

「……あーら、そう？　それじゃあ次はオフェンス二人で右オブジェに行くから、頼りになる新エース様はまた一人で二つ破壊してきてくれるかしら～？」

「任せておくっす！」

オージェは自信満々に答えた。


そして、次の試合――ステージは岩石地帯に変化した。

私はフランとオフェンスを交代して、アニエちゃんといっしょに右オブジェへ向かう。

右オブジェにはディフェンスが一人いたが、難なく倒せた。

あとはオージェのほうだけど……。

アニエちゃんに言われて、戦うオージェをこっそり岩陰から見る。

「ちょ、ちょっと待つっす！　二対一はずるいっすよ！」

「そんなことでよく初戦勝ち上がってこれたな？」

「まったくだぜ！　お前んとこのリーダーは二人相手にうまく立ち回ってたのに、とんだへなちょこだな！」

敵にまでぼろくそに言われながら、オージェは必死に魔法をよけている。

「アニエちゃん、助けないの？」

アニエちゃんはフンと鼻を鳴らす。

「あーいうのはちょっと痛い目を見たほうがいいのよ。私たちは反対のオブジェに遠回りしていきましょう」

というわけで私たちがオブジェを壊し、その試合は無事勝利した。

試合後のオージェはというと——体育座りをして、ずーんと落ち込んでいた。

「俺なんて、下っ端の下っ端っす……虫以下っす……」

「こいつ、めんどくさいわね」

「アニエちゃん……」

アニエちゃんのイライラはわからなくもないけど、オージェが少しかわいそうな気もする。

これで初戦で二つ壊せたのは、アニエちゃんが敵を引きつけてくれていたおかげだって理解してくれるといいんだけど……。


私たちはそのまま順調に勝ち続け、ついに準決勝に進むことになった。

次の試合に向けて待機していると、背中から嫌味な声が聞こえてくる。

「おやおや、これはアニエスじゃないか。養子のくせに準決勝まで残っていたのか。ずいぶんと調子がいいんだな」

アニエちゃんはムッとした顔をするけど、冷静に対応する。

「アンドレ……そうね。私はあなたと違って優秀で優しい友達がついているから、当たり前よ」

「なんだと⁉　我々を馬鹿にしているのか⁉」

取り巻きの一人が声を荒らげたが、アンドレが片手を上げて黙らせた。

「まぁまぁ、こいつは自分に自信がないから、優秀な人材を集めているだけさ。せいぜい頑張ってくれたまえ。ブルーム家の恥にならないようにね」

アンドレはブルーム家の紋章である青いバラのブローチを見せびらかすようにして言うと、高らかに笑いながら去っていった。

「アニエちゃん……」

アニエちゃんが心配になって声をかける。あの時の泣いていた姿を思い出してしまう。

「大丈夫よ。あんな奴に悪口言われたくらいでくじけないわ。それに、自分に自信がないなんてありえない。だって、この一ヶ月でサキが教えてくれた『秘策』はちゃんと身についたんだから。あんなすごいこと教えてもらって、自信がないなんて言ったら、サキに失礼よ」

アニエちゃんはそう言って、力強く微笑む。

よかった……対抗戦までのこの一ヶ月で、アニエちゃんはさらに強くなったと思う。

魔法も、精神《こころ》も……。


――三十分後の決勝戦を控えて、私たちは作戦を立てていた。

アニエちゃんは両陣営が描かれた紙と、五つの石を取り出した。石をメンバーに見立てて、紙に並べながら説明する。

「アンドレのチームでは、基本的にディフェンスが三人、オフェンスが二人よ。アンドレとお供二人はいつもディフェンスに回っているわね」

「あんな偉そうなこと言ってたのに、自分はお供とディフェンスなんすか⁉」

「アンドレだって公爵家だから魔力量は申し分ないんだけど……性格が悪いのよ」

そう言って、アニエちゃんはチラッとフランを見た。

フランは普段通りにニコッと笑顔を返したが、アニエちゃんは眉間にシワを寄せる。

「アンドレのところのオフェンスは必ず二人一緒に行動しているわ。私たちの作戦は、アンドレ側のオフェンスに先攻させる代わりに、ディフェンスを四人にして相手二人を確実に倒すこと。そのあと私たちのディフェンス二人をオフェンスに代えて、三人でオブジェを壊しましょ」

みんながアニエちゃんの作戦に賛同する中、オージェだけが青い顔でだまりこくっていた。

「何よ。なんか文句あるわけ？」

「最初のオフェンス一人って……まさか俺っすか？」

自業自得とはいえアニエちゃんにけちょんけちょんにされていたから、オージェは怯えているみたい。

「もちろんよ……って言いたいところだけど、最初のオフェンスは相手のディフェンスと三対一になりながら時間稼ぎをするのよ？　そんな大役あんたに任せらんないから、私が行く」

アニエちゃんに言われて、オージェはほっとした様子だ。

でも、耐久力なら私だってそれなりにあると思う。というか、あんな人たちの攻撃で負ける気がしない。

「アニエちゃん、私でもいいよ？」

「「それはダメっ!!」」

アニエちゃんとミシャちゃんがハモった。二人は目を見合わせてから、それぞれに言う。

「サキが強いのはわかるけど、途中で転んじゃったりしたら危ないじゃない！」

「サキちゃんが道に迷ったりしたらどうするんですか！」

ええ、二人とも過保護すぎるよぉ……。私、幼稚園児じゃないんだから……。

でも力強く言われて、ついすごすごと辞退してしまった。

「私が最初にあの三人を引きつけるわ。みんなはオフェンスを倒してから、フランとサキで私の加勢に来て」

そうして作戦が決まり、私たちは体育館の中へ入った。

大きな歓声とともに開始位置へ向かう。

「さぁ！　今年の初等科三年生クラス対抗戦も、いよいよ決勝！　奇《く》しくもチームリーダーはどちらもブルーム公爵家です！　貴族の血筋はやはり強力だぁ！」

司会者も面白いカードだと思ったのか、そこをメインにMCをする。

「まったく……ブルーム公爵家なんて関係ないわ。ここではっきりさせてあげる。アンドレより、私のほうが上ってことをね」

試合前から気合十分なアニエちゃんを見て、普通なら安心するところなんだろうけど……私の心は、なんだかざわついていた。

「それでは決勝戦ステージのルーレットぉ……スタート！」

ステージ決めのルーレットが動き出し、私はそっと声をかけた。

「アニエちゃん、無理しないでね」

「ありがとう。大丈夫よ！」

そう答えたアニエちゃんはいつも通り自信たっぷりなのに、なぜか不安が収まらない。

「ステージは住宅地！」

司会者が告げると、ステージが変化する。目の前に簡易な家がたくさん建ち並んだ。

「それでは、決勝戦……スタート！」

「みんな、頼んだわね！」

開始のかけ声と同時に、アニエちゃんは一人走っていった。

◆

私――アニエスは住宅地の間を駆け抜けていた。こんなものまで作れるなんて、魔法学園の技術ってあなどれないわ。

責任重大な役目ではある。でも、意外と緊張していない。やっぱり、サキの『秘策』のおかげね。

あんなの教えてもらったら負ける気がしないわ。サキ以外に、だけど……。

私は入り組んだ街並みを抜け、アンドレ陣営のだいぶ奥まで進んだ。そろそろオブジェが見える頃だと思うんだけど……。

すると、中央オブジェが目に入った。

最初のオブジェ！　どうせならこのまま一つ壊して……っ⁉

魔法を使おうと手をかざしたところで、上空からフレアが飛んできた。

振り返って見上げると、住宅の屋根の上に人がいる。アンドレと、お供二人がこちらを見下ろしていた。

「これはこれは、アニエス。君の優秀で優しい仲間も連れずに、一人でノコノコとやってくるとは愚かだな」

「あーら、ごきげんようアンドレ。お友達の少ないあなたは、今回もいつものお供を連れてるのね」

アンドレだけでなく、取り巻きの二人にも嫌味っぽく言う。

「あなたたちも大変よね。偉そうなお坊ちゃんの世話なんて」

我ながらやな感じだ。でもこれくらいやって、私にターゲットを絞ってもらわないと困る。

「貴様、いい加減にしろよ。もともとは小汚い孤児院の女のくせに！　立場の差というものをわからせてやる！　お前たち、やれ！」

息まいたアンドレが叫んだ。やれやれ、差を見せつけると言ってもお供の二人組にやらせるのか。

「アプレント第二《ダブル》フレア！」

「アプレント第二《ダブル》エレクト！」

お供が続けざまに魔法を放つ。それを全てかわすと、アンドレが怒鳴る。

「何をしている、まったく当たってないぞ！」

「申し訳ございません……」

自分は何もしてないのに、偉そうに。

それにしても、魔力操作って便利ね。あれだけ撃たれても、簡単によけられた。

足に集めれば足が速く動くし、手に集めれば体術の威力が上がる。魔力を身体から出すわけじゃないから消費はしないし。サキに教えてもらったわけだけど、ほんとにあの子、何者よ……。

そんなことを思いながらアンドレたちのほうを窺う。お供二人は、さっきから魔法を撃ち続けて疲弊しているようだ。

今がチャンスね。

「第三《トリル》ウィンド！」

三人目がけて、幅の広い風の刃を飛ばす。かわそうとした三人は、屋根の上から落ちてきた。

「ばかな、この速度は……」

「そうよ、私は第三《トリル》ランクの風《ウィンド》属性魔法をスキル化したの」

そう告げると、アンドレたちは絶句している。

初等科三年生の時点で第三《トリル》ランクのスキル化に成功したのは、学園の歴史でも十人ほどしかいないらしい。サキもそうだけど、他には今の生徒会長とか……。

第三《トリル》ランクがスキル化できたのは、一ヶ月の特訓の成果だ。

まったく、サキには感謝しかないわ。この調子なら時間稼ぎどころか、三人を倒せるかもしれない。

悔しそうに顔を歪めていたアンドレは、お供たちに向かってわめき散らす。

「お前たち、三人で同時に魔法を放つ！　そうすればアニエスでもよけられないだろ！」

「「か、かしこまりました」」

アンドレたちは私に向けて手をかざした。

なるほど、確かによけられないわ。でもね……。

「よけずに、真っ向から受けてあげるわよ！」

私は右手を前に出し、緑の魔法陣を出現させる。さらに右手の甲に、左手を重ねた。

サキは片手でできてたみたいだけど、私は片手に一種類の魔力しか込められなかった。

でも、まさか私もあの賢者様と同じ魔法が使えるなんてね……賢者様はかつて、勇者様に魔法を教え、様々な理論の基礎を作ったとされる人だ。

サキ、『秘策』はここで使うね。私、頑張るから……もし成功したら、褒めてほしいな。

アンドレたちがいっせいに魔法を放つ。

「アプレント第二《ダブル》フレア！」

「アプレント第二《ダブル》エレクト！」

「アプレント第二《ダブル》グランド・ショット！」

こんな他人を見下すようなやつらに……私は負けない！

右手に展開した緑の魔法陣を囲むように、赤色の縁が現れた。私は唱える。

「二重付与《ダブルエンチャント》・【爆風《ブラスト》】!!」

嵐のような激しい風が放たれ、向かってきた魔法を吹き飛ばす。

風はそのままアンドレたちを呑みこむ。それでも威力は衰えず、奥の住宅まで突き進んで破壊した。

私の得意な炎《フレア》属性と風《ウィンド》属性の二重付与《ダブルエンチャント》。

サキと一緒に開発した技だ。だけどこの魔法、人が住んでるところでは使えないわね……。

「はぁ……はぁ……」

どっと疲れに襲われて、息が荒くなる。やっぱり、こんな高度な魔法を使うと消費が激しい……。

でも、爆風《ブラスト》がまともに当たったんだ。あっちだって相当ダメージを負ったはず！

吹き飛ばされたアンドレたちのほうを見ていると、徐々に爆風が晴れていく。

お供二人は倒れたまま動かない。魔法を連発した上にダメージを受けて、体力の限界だったのだろう。

しかし、アンドレだけは息を荒くしながらも立っていた。

「くそっ、くそ！　なんだその魔法は！　養子の分際で、この俺にこんな！」

「これは、私の大切な友達から教えてもらったものよ」

私はすっと右手を上げた。第一《シグル》ランクをあと一発でもくらえば、アンドレも再起不能になるはず……。

しかし、アンドレの様子がおかしい。

急に取り乱した雰囲気になり、ぶつぶつと何かを呟く。

「負けられない……俺は養子なんぞに負けられないんだ！」

そう言ってアンドレは、紫色の液体が入った試験管を取り出した。

◆

「アニエちゃん……大丈夫、かな」

初戦と同じように音爆弾《サウンドボム》の罠を張り終えて、私はアニエちゃんが走っていったほうを見つめた。

さっきから攻撃魔法で争う音が聞こえてくる。

「きっと大丈夫だよ。あんなに自信たっぷりな姿は初めて見たからね」

「そうなんだけど……そう、じゃなくて……」

フランは首を傾げる。うん、伝わらないよね……。

なんだか悪い予感がするだけだし……気のせいだと思いたい。

そんな時、右オブジェ近くで音爆弾《サウンドボム》が破裂した。

慌てて全員で向かうと、相手のオフェンス二人が日に入った。今まさにオブジェを壊そうとしている。

だけど、この距離じゃ防御が間に合わない……！

「オージェ！」

「了解っす！　第一《シグル》エレクト！」

フランが言うと、オージェがすごい速さで走っていく。

オージェは雷魔法の扱いがうまい。なんと貴族出身ではないのに、第一《シグル》エレクトをスキル化できているそうだ。

本で読んだけど、人間の中には電気が流れていて、脳からの指示を伝達するのに使われているらしい。それが強化されるほど、身体の反応速度が速くなる。

オージェが雷《エレクト》属性を使うのを見てそのことを教えたら、次の日に雷で身体能力を強化する術を身につけていた。

「なんか昨日言ってたことやってみたらできたっす！」って言ってたけど……なんとかと天才は紙一重ってほんとなんだね……。

ネル曰く、オージェがやっているのは【雷電纏《エレクトウェア》】という能力の基礎で、そのうちスキルとして獲得されるんじゃないかとのこと。

私もオージェを真似して使ってみたら、意外と便利だった。

だけど、私は飛脚《ひきゃく》を使うことのほうが多い。静電気がひどいんだよね、雷電纏《エレクトウェア》……。

オージェが一瞬で目の前にやって来て、相手のオフェンスは焦っている。

「くそっ、さっきの爆発でバレたのか！」

「アプレント第二《ダブル》ウィンド！」

オフェンスの片方が魔法を放ってくる。

「遅いっすよ！」

オージェは軽くよけて、一人に拳を振りかぶる。

しかしもう一人が、魔法を放とうとオージェに手をかざした。

気づいたミシャちゃんが杖を向ける。

「危ない！　アプレント第二《ダブル》アクア・スプラッシュ！」

すると相手の足元にあった水溜まりが勢いよく噴き上がった。

水圧で身動きが取れなくなっている間に、フランが指示を出す。

「オージェ、ミシャ！　そいつは任せる！　サキ、僕と一緒にもう一人を！」

私は足に魔力を込め、相手との間合いを詰めた。

「は、速っ……」

「ネル流武術スキル・【月ノ型《つきのかた》・兎餅突《とへいづき》】！」

私は怯んでいる相手のお腹に掌底を打ち込んだ。

「いーっかい！」

さらに逆の手で、もう一撃をくり出す。

「にーっかい！」

ネルの武術スキルにはたくさんの型がある。中でもこの【月ノ型《つきのかた》】は連続攻撃に長けている。弱い攻撃を連続でくり出して相手を翻弄する技なので、手加減はしやすい。

左右の手で交互に打ち続けると、六回目で相手がコンボから逃れ、距離を取った。

しかし、これだけくらえばダメージは大きいはず……。実際、お腹を押さえてふらふらだ。

けっこう手を抜いたんだけどなぁ。まぁ……でも、さすがにこのまま続けるのはかわいそうか……。

相手の間合いにもう一度入り込む。

「ネル流武術スキル、【陽《よう》ノ型《かた》・燦々《さんさん》勅射《ちょくしゃ》】」

【陽《よう》ノ型《かた》】は威力の大きい一撃必殺の型。

中でも【燦々《さんさん》勅射《ちょくしゃ》】は空手の正拳突きのように足の体重移動と身体の捻りで、一撃の威力を高める。

これで確実に仕留める。

手に魔力を込めるとさらに威力が上がるけど……私は手加減ができる子だから、もちろんやらない。

「がはっ！」

吹っ飛んだ相手は木に叩きつけられ、そのまま倒れて動かなくなった。

「相変わらず、容赦ないね……」

声のほうを振り向くと、フランがあいまいな笑みを浮かべていた。あれ……私、何かおかしなことしたのかな……？

戦闘が終わったところで、オージェの様子を見る。

オージェと戦っていた男子生徒は味方が倒されて動揺したのか、逃げようと背中を向ける。

「逃さないっす！」

その退路にオージェが回り込んだ。速さに驚いている隙に、手刀の一撃で気絶させる。

「よしっす！」

相手を倒してガッツポーズをとるオージェ。

やるね、オージェ……ただ、静電気で髪の毛が大変なことになっているけど。

これで私たちディフェンスの任務は完了だ。アニエちゃんを助けに行かないと……。

「う……っ⁉」

そう思った瞬間、相手側から大きな魔力を感じた。

この感覚、前にも覚えがある。まさか――。

私とフランは、急いでアニエちゃんのところへ向かった。万が一に備えて、オージェとミシャはディフェンスとして待機してもらっている。

アンドレ陣地の住宅街を走っていくと、崩壊した家が並んでいる場所にたどり着いた。

ここで何かが起こったみたいだ……。辺りを探すと、アニエちゃんが倒れているのを見つけた。

「アニエちゃん！」

私は側にしゃがみ、声をかける。

「ん……サ、キ……？」

アニエちゃんが目を開け、とぎれとぎれに言う。よかった、意識はあるみたい……。

「サキ、フランと一緒に逃げて！　あいつは……人間じゃない……」

そう言って、アニエちゃんは弱々しく腕を上げ、指さす。その先には――アンドレが立っていた。

しかし、何かがおかしい。私は身構える。

前に会った時と、魔力が違う。量も雰囲気も、別人みたいだ。それに――。

「くっくっく……素晴らしいぞ。アニエスさえ倒せるこの魔力。これで、父上も……」

そう言って笑うアンドレの背中には、コウモリのような翼が生えていた。

「アンドレ、なのか……？」

「何を言っている、当たり前ではないか」

フランの呟きを、アンドレは鼻で笑う。

よく見ると、アンドレの側には先生らしき人たちが倒れていた。きっとアンドレを止めようとしてやられたに違いない。

アニエちゃんは倒れたまま、必死な様子で私たちに言う。

「二人とも、早く逃げて！　あいつ、紫色の変な薬を飲んだ途端……魔法の威力がおかしくなって、見たことないスキルを使いだしたの……」

この状況、偽医者の時と同じだ。まさか――魔物化の薬!?

だけど、私にはやっぱり……という気持ちもあった。

さっき感じた禍々《まがまが》しい魔力、シャロン様の事件で感じたものとそっくりだった。

私の嫌な予感が、こんな形で当たるなんて……。

でも、偽医者の使っていた薬を、なんでアンドレが……。まさか、あの薬にはブルーム公爵家が

関係している……⁉

「貴様たちもアニエス同様、俺の手で倒してやるよ！」

私が立ちすくんでいる間に、アンドレが翼で飛翔しながら迫ってくる。狙われたのはフランだ。

「飛脚《ひきゃく》！」

私はフランの前に立ちはだかり、振り上げられたアンドレの腕を掴む。そして反対の手に魔力を込めて、お腹に叩き込んだ。思いっきりやったので、アンドレが吹っ飛び、住宅の壁にめり込む。

その隙に叫ぶ。

「フラン！　アニエちゃんを連れて、家の陰に隠れていて！　そこから、動かないで……！」

「そんな！　サキ、僕も一緒に――」

「邪魔、だから……」

フランがさっと顔を曇らせる。きっとショックを受けたのだろう。

きつい言い方かもしれないけど、もし本当に魔物化しているなら、フランは殺されちゃうかもしれない……。

本当はこんな言い方は嫌……。でも、フランやアニエちゃんが傷ついてしまうのはもっと嫌。たとえ嫌われても、私は二人を守りたい。

私の魔法に巻き込んでしまうかもしれないし、フランを庇いながら戦える相手かもわからない。

「わかった……」

そんな私の意図を察してくれたのか、フランはアニエちゃんと一緒に避難する。

「ネル」

私はブレスレットになっているネルに話しかけた。

「私の魔力を分けるから、二人を守って……」

『かしこまりました。お気をつけください』

ネルはそう言って猫の姿に戻ると、避難した二人を追った。

「何をぶつくさ言っている！」

壁から抜け出したアンドレが、羽ばたきながら言う。

「そんなに、焦らないで……」

私は飛脚《ひきゃく》を使って、アンドレの背後に移動する。攻撃を仕かけたが、アンドレは翼をはためかせ、屋根の上に飛んで逃げた。

私も飛脚《ひきゃく》で追い、屋根に降り立つ。

アンドレと睨み合いながら、口にする。

「あなたに、聞きたいことがある」

「なんだ？　平民の分際で公爵家に物申すなど、身分をわきまえろ」

「あなたの、飲んだ薬……どこで手に入れたの？」

「くっくっく……こんな楽に力が手に入る素晴らしい代物《しろもの》、他人に教えるわけないだろう」

偽医者と同じく、アンドレは自分の力に酔いしれているように見える。

私はぎゅっと眉根を寄せた。

「あなた、それでいいの？」

「なんだと？」

アンドレは面白くなさそうな顔をする。私はさらに続ける。

「なんの努力もせずに力が手に入って、それでいいの、って聞いてる」

「はっ！　努力など、圧倒的な才能の前では無意味だ！　……アニエスだってそうだ！　才能で得ている魔法で俺を見下し、他人を見下し、そして父上は……才能のあるアニエスだけを見ている！　だから、俺はこれで力を手に入れるのだ！　これで父上も俺を見てくれる！」

アンドレは何かにとりつかれたように口にする。

私は少し驚いていた。偉そうにしてるだけだと思っていたアンドレも、実は辛い気持ちを抱えていたのかもしれない。だけど――

「アニエちゃんは、確かに才能があるよ……。でも、努力を怠《おこた》ったことなんてない。あなたの勝手な妄想で、アニエちゃんを語らないで！」

アニエちゃんは、才能があって、努力もたくさんして、今の力を身につけたんだ。近くで見ていたから、わかるよ。

「努力をしていた？　そんな貴族には不要のことを……だがなぁ！　その努力もこうして俺に負け

ているようでは、やはり無意味だったってことだろう!? アニエスは所詮、公爵家には相応しくない人間だったんだ！」

アンドレは高らかに笑い声をあげた。

私は唇を噛む。

アニエちゃんは、強くて、優しくて、人一倍努力して……そんなアニエちゃんを、こいつは馬鹿にした……。

「あなたに……アニエちゃんを、悪く言う資格なんて、ない！」

「言ってろ、平民が！」

私とアンドレは同時に攻撃を放った。

「第三《トリル》グランド・ショット！」

「第三《トリル》ウィンド」

アンドレは魔物化によって、第三《トリル》ランクのナンバーズを使えるようになったみたい……。

銃弾のように飛んできた土の塊を風の刃で防ぐと、土の弾が破壊され、辺りに砂埃が立ち込める。

その中をアンドレが走ってきて、回し蹴りする。

私はその足を腕で受け止めたが、アンドレはすぐに体勢を変えて、手を振りかぶった。

「【血創《ブラッドクリエイト》】」

アンドレの手から長く爪が伸びる。爪は鋭く、赤黒い血の色をしていた。それが躊躇《ちゅうちょ》なく振り下される。

後ろに跳んでよけるが、爪は深々と屋根に突き刺さった。

「それが、あなたのスキル……」

「そうだ！　魔法攻撃に血を吸わせてさらに魔力を注ぎ込み、強制的に威力を上げる！」

離れた位置から、アンドレのほうを見る。

その爪で、屋根瓦は紙のように切り裂かれていた。

あんなの当たったら、私、輪切りなんだけど……。

考えているうちに、アンドレが翼を使って私に迫ってきた。

爪の連続攻撃で切り裂かれそうになるのを、左右にかわし続ける。

「どうした平民！　よけることしかできないか⁉」

そう、早く倒さなきゃ……。でも、アンドレは子供だし、何より薬の出どころとつながっている可能性が高い……。できるだけ傷つけないようにしないと……。

「二重付与《ダブルエンチャント》・光刃《こうじん》」

生み出した光の刃で爪を受け止める。受け止めながら、私は動揺していた。

本当は、爪を切るつもりだった……なのに、切れなかった。

「何⁉　なぜ切れない！」

「それ、私のセリフ……」

私は光刃で爪を弾き、再び爪を切断しようとする。

「ネル流剣術スキル・【刺々牙《ささが》き】！」

スキルも試してみたが、当たっているのに、爪を破壊できない。

「くっくっくっ……今、何かしたか？」

ニタァッと笑うアンドレに、顔をしかめる。

「そんなこと言ってる子には……『めっ』なんだから……」

私はふぅ、と長く息を吐き、精神を集中する。

今から使う技なら、確実に爪を壊せる。

でも、扱いを間違えたらアンドレを殺しちゃう……。

怖い……初めて武器を持った時と同じ気持ちだ。もし、私の手元が狂えば、アンドレは真っ二つになる……。

でも、今の自分を……信じる！

「ネル流魔剣術《まけんじゅつ》スキル……【一刀《いっとう》・輪《りん》】！」

「何をしても無駄だ！」

私の刀がアンドレの爪に触れる。

刃が爪を切り裂き、三本を切断した。

「ば、ばかな！　俺の魔法がぁ！」

アンドレが悲鳴をあげる。切られた爪からは、血が流れていた。それを見て気づく。

もしかして、血創《ブラッドクリエイト》は身体の血とつながっている……？

ならこのまま攻撃を続ければ、首飾りによる戦闘不能状態にできるかもしれない……！

「き、貴様……なんだそのスキルは⁉」

爪を押さえたアンドレが私を睨みつける。

「【魔剣術《まけんじゅつ》】は、魔法スキルでも、武術スキルでもない。両方を融合させた、私だけのスキル……【ピアレススキル】」

ピアレススキルは私が編み出した。ネル曰く、この世界には存在しなかったスキルだそうだ。だから、自分で名付けた。

【一刀《いっとう》・輪《りん》】は対象に剣が触れた瞬間に空間《ディジョン》属性魔法が発動する。その物体が存在する空間自体を破壊する、絶対切断の技だ。

「魔法スキルと武術スキルの融合だと……そんなもの、聞いたこともないぞ⁉」

アンドレがうろたえている。

私は一度狙い通りにできたことで、落ち着きが出てきた。次もきっと成功させる……。

「今から……『めっ』の時間、ね」

私は、再び剣を構えた。

私がピアレススキルを使い始めてから、アンドレは動揺している。

それだけ血創《ブラッドクリエイト》に自信があったんだろう。懲《こ》りずに血の爪で攻撃をくり返す。

しかし、私は片手の爪を全て切断した。

「なぜだ……なぜだなぜだ！　俺は力を手に入れた！　公爵家に相応しい力を！　なのに、なぜ俺は貴様に遅れをとっている⁉」

アンドレは叫びながら、残った爪を振り回す。

だが、動きがだんだん単調になり、私の剣でことごとく爪を破壊される。

隙を狙って、背中の翼も切り落とした。

「ぐはぁ！　なぜだぁ！」

「あなたの力は……悲しい、ね」

「なんだと⁉」

アンドレは公爵家に相応しい力と言っていたけど……私にとっては、まったく違うように思える。

「あなたは、何のために、力がほしいの？」

「他を支配し、自らを高めるために決まっている！　我々公爵家はそうやって他を押さえつけ、支配することを認められているのだからな！」

「違う、よ」

「何？　何が違うというのだ！　今の公爵家は皆、絶大な魔力と魔法能力を得た者ばかりだ！　そして平民の上に立ち、支配し、恐れられているではないか！」

なんて悲しい考えだろう……。

私は王都で観光している時の、フレル様の様子を思い出していた。

街の人たちを守るのが貴族で、だからこそ街の人たちは貴族を敬《うやま》って……みんなが笑顔で、フレル様も笑顔で……素直に素敵だなとそう思った。

この子はいずれ公爵家の当主になるかもしれないのだ……。だから、教えてあげたい。力の意味は、それだけじゃないって。

「力は、誰かを守るために、身につけるの……」

「守る？　守るだと!?」

「私だって、こんな力、なかった。でも、友達を守れるようになるために、身につけた。人は……何かを守るために、強くなるの、頑張るの」

「黙れ！　黙れ黙れ！　そんなことで力が手に入るものか！　そんなもので……手に入ってたまるかぁ！」

アンドレは頭を振りながら叫ぶ。残った爪を巨大化させ、私に突っ込んできた。

「ネル流魔剣術《まけんじゅつ》スキル……【一刀《いっとう》・塵《じん》】」

「ぐあぁぁぁぁ!!」

【一刀《いっとう》・塵《じん》】は高速で移動しながら、連続攻撃をくり出す技。私はアンドレの爪を完全に破壊した。

そこで首飾りの効果が出たのか、アンドレは戦闘不能になり、倒れる。

「そんなことで手に入るなら、俺は……」

アンドレはそう呟いて、眠りに落ちた。

私は意識を失ったアンドレに肩を貸すようにして、屋根から下りる。

地面に寝かせていたところへ、フランとアニエちゃんがやってきた。アニエちゃんはまだ完全に回復していないみたいで、フランに支えられている。ネルはいつものおすまし顔で、トトトと歩いてきた。

「サキ……あなた、ほんとめちゃくちゃね。ちょっとへこむわ」

「ほんとにね……」

アニエちゃんもフランも苦笑いしつつ、どこかほっとしているようだった。

「フラン、さっきは、ごめん……ね」

私はおそるおそる口にする。

さっきフランに——大切な友達に「邪魔」なんて言ってしまった。これで嫌われてしまったらどうしよう。

「ああ、気にしてないよ。まあ、僕はサキの生徒だしね。邪魔でもしょうがないさ」

「うぅ……」

フランは笑顔だけど、目が笑ってない……。やっぱり邪魔って言ったの、怒ってるよ……。

「ちょっと、フラン！」

アニエちゃんが言うと、フランはクスッと笑い、いつものふわっとした優しい微笑みを浮かべた。

「冗談だよ、サキ。僕を守るために言ってくれたのはわかってる。だから、泣きそうな顔しないで。僕が悪者みたいじゃないか」

「みたいっていうか、あんたのせいでしょ！」

「痛っ」

アニエちゃんがフランの横腹を小突く。

お、怒ってなかった……。あ、緊張が解けたら……。

私は急に足から力が抜けて、ペタンと座り込んでしまった。

「サキ⁉」

「大丈夫……フランに嫌われてなくて、安心、しちゃって……」

「「サキ……」」

二人は同時に言うと、私に背中を向けてぼそぼそ話し始めた。

「身体よりそっちのほうが大切なんて、サキらしいわね」

「サキには意地悪はやめておこうかな……」

「な、何……？」

小声で何か言い合っているみたいだけど、よく聞こえなかった。

「なんでもないわ！　さてと……もう対抗戦どころじゃないと思うけど、一応オブジェ壊しとく？」

「わかった、じゃあ僕が行ってくるよ」

フランがオブジェに向かうと、アニエちゃんが私の隣に座った。

「サキ……さっき一人でアンドレたち三人を相手にしてる時ね、サキから教えてもらったこと、全部使えたの」

「全部？　付与魔法《エンチャントマジック》も？」

「うん。サキみたいに片手ではできなかったけど、ちゃんと発動したわ。もう少しでアンドレも倒せそうだったんだよ」

「さすが……アニエちゃんだね」

一ヶ月の練習を欠かさず、本番でも力を発揮できるなんて、努力家のアニエちゃんだからできることだ……。

そう思うと、自然と笑みがこぼれた。すると、アニエちゃんがもじもじしながら言う。

「うん、それでね……」

私が首を傾げると、アニエちゃんは顔をぷいっと逸らし、口ごもりながらも言った。

「また、頭……撫でてくれないかな？」

そう言ったアニエちゃんは顔を赤くしていた。

そうだよね、付与魔法《エンチャントマジック》に魔力操作……アニエちゃんはすごいことをしたんだ。いっぱい褒められて当たり前だよね。

私はアニエちゃんの頭に手を伸ばし、ゆっくりと撫でる。

「アニエちゃん、すごいね……頑張ったね……」

「えへへ……」

嬉しそうに微笑むアニエちゃんを見て、私も顔をほころばせる。

「ぐ……ぐあぁぁぁぁぁぁ⁉」

突然、背後から悲鳴が聞こえた。

ばっと振り向くと、戦闘不能で眠っていたはずのアンドレが、胸を押さえながら叫んでいる。

「があぁぁぁぁ‼」

あ……っ。

私の頭の中に、急に偽医者の末路がフラッシュバックした。

まさか……アンドレも同じように⁉

「ネル！」

ネルを呼ぶと、異変を察知したのか、すでにアンドレの様子を覗き込んでいる。

叫んでいたアンドレは、また意識を失っていた。戦闘不能で陥る眠りとは様子が違い、身体を揺すってもまったく反応がない。

「これは、どうなってるの……？」

『恐らく、偽医者の時と同じ現象が起きていると考えられます。このまま放置すれば、死にます』

嫌な予感は的中した。このまま見過ごすわけにはいかない。どうにかしないと……。

「ネル、なんとか助けたいの。できる？」

『サキ様次第でございます』

この答え方……できるけど難しいって感じだ。

「わかった、教えて」

「サ、サキ⁉　さっきから……その猫と話してるの⁉　それにっ、アンドレは一体どうしたの⁉」

アニエちゃんはパニックになってるみたい。急展開すぎて無理もないよね。

「アニエちゃん、説明は後でするから……今は、協力してくれる？」

アニエちゃんは私を見つめると、深呼吸した。それで落ち着きを取り戻したようで、大きく頷く。

そこで、一緒にネルの思念伝達を聞いてもらうことにした。

『魔物化の事件以来、個体名クマノ、そして偽医者の死因を踏まえ、薬の効果を検証しておりました。個体名クマノを救うことはできませんでしたが、今のアンドレならまだ戻せる可能性があります』

クマノさんの名前を聞いて胸が痛む。だけど……助けられるなら、助けてあげなくちゃ。

『薬による魔物化の原理については後ほどご説明いたします。まずはアンドレの救出方法です。治療は二人で行う必要があります。一人はアンドレの肉体を、一人はアンドレの精神を、それぞれ治療してください』

「肉体と、精神……？」

身体を魔物化させる薬なのに、精神にも関係があったなんて……でも、そういえばクマノさんは、自我を失っていた。

『この薬は肉体だけでなく精神に働きかけ、使用者の心を蝕《むしば》んで理性を失わせるのです。だから、まずはサキ様の魔法で、アニエ様をアンドレの精神へ飛ばす必要があります』

「えっ、ちょっと、そんなことして大丈夫なの!?」

『アンドレは魔物化の薬によって昏睡《こんすい》しているため、精神面からも働きかけなければ、元の状態に戻すのは困難です。サキ様にはここに残り、肉体の治療に当たっていただきます。お急ぎください。時間がございません』

アニエちゃんは一瞬表情を曇らせて迷いを見せる。けれど、すぐにきっぱりと言う。

「わ、わかったわよ！　こんなところで死なれても気分が悪いわ！　何をすればいいか教えて！」

『サキ様は闇《ダクネ》属性の第四《クアル》ランクで、アニエ様とアンドレの精神を接続してください。アニエ様、アンドレの中には、アンドレの精神体が存在するはずです。それを見つけて、アンドレを起こしてください』

「アニエちゃん……」

私は困惑している様子のアニエちゃんの手を握る。

精神に入るなんて……私だって、やったことない。アニエちゃんが不安なのは当然だよ。

「サキ、信じてるからね」

だけどアニエちゃんは、私の目を見て、ぎゅっと手を握り返してくれた。それに、私も頷き返す。

「私も、信じてる……それじゃあ始めるね……第四《クアル》ダクネ・マインド」

魔法によって、アニエちゃんが意識を失う。

闇《ダクネ》属性魔法には精神干渉の能力がある。これでアニエちゃんとアンドレの精神をシンクロさせられたはずだ。

「よし……ネル、こっちの治療をするよ」

私はアンドレの隣にしゃがみ、意識を失っている彼に向き合った。

16　アンドレの事情

――ここは、ブルーム公爵家の屋敷？

サキの魔法でアンドレの精神に飛ばされたはずだけど……なんだ、いつもと変わらないじゃない。

ここ、本当にアンドレの意識の中なの？

疑いながらキョロキョロしていると、ふいに声が聞こえる。

「ちちうえ、見てください！　ぼくの魔法を！」

「おお、すごいなぁ！　アンドレ、この調子で、私の立派な跡継ぎになるんだぞ」

「はい！」

小さな男の子を、お父さんが抱き上げる。

顔立ちでわかる。あれは小さい頃のアンドレと、オドレイ様――ブルーム公爵家当主であり、アンドレの父親だ。

つまりここは、アンドレの記憶の中……？　アンドレの姿からして、私がブルーム家に来る前なんだろうか。

アンドレは目を輝かせて、オドレイ様に魔法を見せている。

陰険で感じの悪い今のあいつと大違いじゃない。

オドレイ様の態度だって、信じられない。

私にはこんな顔を向けたことも、言葉をかけてくれたこともないもの。

そんなことを考えていると、周りの景色がにじむ。

次の瞬間、私はオドレイ様の部屋にいた。

「父上、なぜあのような者を養子にするのですか！」

そう言っているアンドレは、五歳くらいに見える。

話題からして、私が養子に来る前の記憶かな……？

「お前が口出しすることではない。それよりも、魔法の勉強をしなさい」

「しかし……」

「気にする必要はないと言っている！　早く部屋に戻りなさい」

「……わかりました」

アンドレはそう言いながらも、さみしそうな表情で部屋を出る。

確かに……アンドレからしたら、私なんて邪魔でしかないわよね。

養子制度は貴族の戦力増強のために始まったものではあるけど、アンドレだって、魔力量は公爵家の長男として申し分ないもの。

それなのに私が養子に来るんだから、アンドレは立場がないわよね。

また景色が変わる。

初めて屋敷に来た私に、オドレイ様が告げる。

「アニエス、今日からブルーム公爵家の人間として、恥じない行動をするんだぞ」

「……はい」

隣にいるアンドレは、ぎゅっと口を結びながら、私を見据えている。今は見下した態度を取りながら、勝負からは逃げ回ってばっかりいるくせに……こんな時もあったのね。

さらに景色が移る。ここは、初等科一年生の時の教室だ。

「アニエ、また満点で一位だよ！　すごーい！」

「別に、大したことじゃないわ」

成績が貼り出された掲示板の前で、私と友達が話している。その側にはアンドレの姿もあった。悔しそうに小さく呟く。

「……くそ」

今度の景色は屋敷の庭だ。真っ暗なので、もう深夜なのだろう。

「くそ、くそ！」

アンドレが叫びながら土《グランド》属性の魔法を放っていた。

多分手作りしたんだろう。いびつな形の的に、いくつも穴が開いている。

「なぜだ……俺はこれだけ頑張っているのに、なぜあいつに勝てない……」

アンドレは俯きながら、拳を強く握りしめる。

なんだ……。アンドレも努力、してたんじゃん……。

「アンドレ、何をしている！　また成績が落ちているぞ！　少しはアニエスを見習ったらどうなんだ!?」

景色がまたオドレイ様の部屋に戻った。

「よりによって、あの商業貴族……アルベルト家のフランにも劣るなど、恥さらしもいいところだ！」

「申し訳ございません……」

肩を落としてアンドレが言う。

そして、夜の庭。以前と同じ的の前に立つアンドレが、手を前に出す。練習するつもりだったんだろうけど……魔法を放つことはなかった。

この時のアンドレは、何を思ってたんだろう……。

アンドレって、ずっと親に甘やかされて生きているんだと思ってた。

でも、そうじゃなかったんだ。

あんなに嫌な思いをさせられたのに、なんだか胸が痛い。

私も、努力してるからわかる。努力が報われないことは、努力すること自体よりずっと辛いものだ。

「——俺は、落ちこぼれなのだろうか」

後ろから声がした。

はっと振り向くと、青いバラに絡みつかれて、目を閉じたアンドレがいた。

口は動いていない。これは、アンドレの心の声？

「俺は、公爵家の落ちこぼれなのだろうか……だから父上はアニエスを養子に取って……俺は用済みなのだろうか……」

バラはどんどんツタを増やして、アンドレを呑み込んでいく。

私は慌てて側に駆け寄り、バラをむしる。しかし、増えていく勢いは止まらない。

「薬に頼り、ズルをしてまでアニエスに負けた俺は……救いようのない愚か者だ……」

「うるさいわよ……」

アンドレの声に、だんだんイライラしてきた。私はバラをちぎりながら怒鳴る。

「うるさいわよ、あんた馬鹿じゃないの！　親っていうのはね、子供の心配をするものなのよ！　成績が悪いから怒られた？　そんなの、期待してるから、大切に思ってるから叱るんじゃない！　なんなのよ！　私なんて……私なんて、いい成績が当たり前で、褒められるどころか、一度も目を見て話してもらえたこともないのよ！　贅沢なのよ！　欲張りなのよ！　私の欲しいもの全部持ってるんだから……もう少し頑張ってみなさいよ！」

私は自分の気持ちをぶちまけながら、アンドレの胸ぐらを掴む。

「現実に戻ったら、またいくらでも喧嘩してあげるから……さっさと目を覚ましなさい!!」

右手を大きく振りかぶると、アンドレの頬を思いっきりビンタした。

◆

『サキ様。オリジナル魔法スキル【透視《とうし》の魔眼《まがん》】で、アンドレをご覧ください』

アンドレの前に座り、私はネルの説明を聞いていた。

透視の魔眼は、物を透かして見ることができる。私はアンドレの身体の内部を観察した。

『心臓を見てもらえればおわかりかと思いますが、魔石ができかけています』

「ほんとだ……茶色の結晶が四つある」

ネル曰く、魔物化現象を調べて、何が起きていたのか突き止めることができたらしい。

魔物化の薬は、心臓で作り出される魔力の量を急上昇させる。だが使い切れない魔力が体内で飽和すると、心臓に魔力の欠片が集まり――【魔力結晶《まりょくけっしょう》】ができる。これに覆われれば、心臓が魔石化して死に至る。自然にある魔石から動物が魔物化するのと違って、急速な魔石化には心臓が耐えられないらしい。

『個体名クマノは、あの時点で心臓が魔石化していました。しかし今のアンドレであれば、心臓から魔石の欠片を取り除くことで救出できる可能性があります。ただし、属性の使い分けとワーズの付与が必須となるため、非常に困難です』

ネルは淡々と治療方法を説明していく。

『切除には炎《フレア》・治癒《ヒール》・空間《ディジョン》属性の魔法を使用いたします。結晶に魔力を伸ばし、炎《フレア》属性魔法で心臓との接触部分を焼き切るイメージです。ただし出血が起きますので、第七《セプル》ランクの治癒《ヒール》属性魔法で即座に回復させる必要があります。失敗すれば、アンドレは死亡します』

何それ、もう手術《オペ》じゃん……。

複雑すぎる内容に気を失いかけていると、まだまだ説明は続いた。

『焼き切るといっても、身体の外側から炎《フレア》属性魔法を使ってはダメージにしかなりません。身体の中へ通す時は魔力の状態で、欠片に触れた時に第三《トリル》ランクの炎《フレア》属性魔法を発動させるのです。切除した魔石の欠片は空間《ディジョン》属性魔法により、体外へ摘出してください。しかも迅速にです。いずれも精密な魔力操作が必要ですから、べとデのワーズを付与いたしましょう』

えっ、と……？　両手で違う属性とランクのナンバーズを使いながら、速度と操作性のワーズを付与、するの……？　難易度、高すぎない？　さすがにそんなこと、やったことないよ……。

「……私、できるかな？」

不安すぎてネルを見つめると、くりっとした目を逸らしながら答えた。

『この方法が可能なのはサキ様のみです。試みるのは初めてですので、できるか否かはお答えしかねます』

何その情報⁉　聞いたのは私だけど……言い方！　逆に緊張するだけだよ⁉

「う、ぐうぅぅ……」

アンドレが苦しそうに声を出した。悩んでいる暇はない……私は腹を括った。

森で研究中に作っておいた麻酔薬を、空間収納から取り出す。

それを苦しそうなアンドレの口に流し込むと、しだいに様子が落ち着いていった。

私は大きく深呼吸する。

なんでアンドレのために、こんなに大変な思いをしているのだろうか……。

そんな考えが頭をよぎる。

でも、ここでアンドレに死なれたら、アニエちゃんが辛い思いをするに違いない……だから、頑張る。

私は右手と左手に魔力を込める。

「第三《トリル》・ベデ・フレア……第七《セプル》・ベデ・ヒール……」

両手をアンドレの胸の上に置き、まずはゆっくり魔力を伸ばして、魔石に到達させる。

心臓の左側についている魔石に届いた。よし、落ち着いて……。

言い聞かせながら、炎《フレア》属性と治癒《ヒール》属性を同時に発動させた。

炎《フレア》属性魔法を発動させると、血が出てくる。怖い……戦闘よりずっと怖い。そこに、すぐ治癒《ヒール》属性魔法をかける。

これを慎重に、ずっと続けていく。だんだん嫌な汗が出てきた。

「はぁ……はぁ……もう、少し……」

一体どれくらい経ったのかわからないけど、やっと一つ目の欠片を切除した。

「第一《シグル》ディジョン・テレポート」

その瞬間、欠片を空間魔法で摘出して、足元に置く。

「はぁ……はぁ……できたぁ……」

だけど、これをあと三回!?　そう思うと、はあぁぁぁ……。身体中がずしっと重くなる気持ちだ。

私は気力を振り絞ると、再びアンドレの胸に手を置いた――

三つ目の欠片を取り出し終えたところで、私は大きく息を吐く。

「はぁ、あと、一つ……」

全神経を魔法に集中しているから、緊張で呼吸もままならなかった。

気がつけば汗もひどい。おでこから汗が流れて、顎《あご》からぽたぽたとしたたり落ちる。

「サキ！」

急に声をかけられてびくっと肩をすくめる。振り返ると、そこにいたのはフランだった。

それに……ママと、パパまで⁉

走ってきたパパが心配そうに言う。

「すまない、対抗戦はずっと見ていたよ。すぐに助けに入ろうとしたんだが……ステージに張られているバリアの制御を、何者かにいじられたみたいなんだ」

バリアの制御……一体誰がそんな……？　でも、今はそれどころではない。

「ネル、みんなに状況を説明して……私は、最後の一つを取るから」

事情を話すのはネルに任せて、治療を再開する。

しかし、最後の欠片の位置は心臓の裏側だった。今までで一番、魔力操作が難しい。

集中を高めて魔力を通した瞬間、背後からしわがれ声が響いた。

「そこにいるのは、アンドレか⁉」

「落ち着け、オドレイ殿」

「落ち着けだと⁉　ふざけるな！　我が息子に何をしている⁉」

こんな時だから振り向けないけど、たぶん、アンドレのお父さんだよね……？

息子のことが心配なのはわかるけど、うるさくて、気が散る……。

それに、アンドレの横で眠っているアニエちゃんは気にならないの？

意識が逸れてイライラしていると、パパが説明してくれている声がする。

「今、この子がアンドレ君の治療をしている。あなたも観客席から見ただろう？　試合中にアンドレ君が薬を飲み、翼が生え、異様な魔法を使っていた。そのせいで倒れたのを、サキが助けているんだ」

「なんだと⁉　あの禍々しい魔法がアンドレのせいだというのか？　貴様、ブルーム家を愚弄《ぐろう》する気か！」

だけど、さらに怒らせてしまったみたいだ。今度は私に向けて怒鳴ってくる。

「おい、そこの貴様！　儂《わし》の息子から手を離せ！　しかるべき医者に診《み》せる！」

足音がして、私に近づいてくる気配がする。

気を取られたらダメだ……集中しないと、心臓から欠片が取れない。

「おい、聞いているのか！　手を離せ！」

すぐ近くで声が聞こえる。

まずい、今触られたら魔法がズレる……。そしたら、命に関わる怪我になる……。

オドレイの手が伸びてくるのを感じる。

私に触れる……と思った瞬間、パシッと弾くような音が聞こえた。

「オドレイ様、失礼ですが、うちのサキに触れないでください」

そう言ってくれたのはママだった。姿は見えないけど、いつも私に向ける柔らかくて優しい声とはまた違う、毅然とした雰囲気だ。

私を庇ってくれたんだ。やっぱりママは優しくてかっこいい……、大好き……。

「この治療はサキにしかできないものです。あなたの息子を助けたいと言うのなら、あなたは大人しくそこで待っていてください」

「貴様……！　アルベルトに嫁いだだけの、農民上がりの弱小伯爵家の分際で……」

「オドレイ殿！　我が妻への愚弄、許さぬぞ！」

「黙れ！　いいから息子を早くこちらへ渡せ！」

あぁ……うるさい……集中しないといけないのに、周りからごちゃごちゃと……！

「う……、うる……さい……うるさーい!!」

気づくと、私は大声で叫んでいた。こんなことしたの初めてで心臓がばくばくする。

アンドレから目を離さず、私はオドレイに告げる。

「そ、そこに欠片があるの、わかりますか!?　あなたの息子の心臓についてたの！　このままだとアンドレは、死ぬんです！　だから、だ、黙ってて!!」

「なん……だと？　貴様、ブルーム公爵の儂に向かって――」

「そんなの関係ない！　私は友達の、アニエちゃんのために助けているんです！　で、でも邪魔したいなら、勝手にどうぞ！　あなたのせいで、助かるはずの息子が死んじゃってもいいなら！」

「くっ、こ、のぉ……！」

オドレイは悔しそうにうなってから、静かになった。

はぁ……どうなるかと思ったけど……よし、このまま集中して、一気にいく！

もう少し……あと少し……。

落ちつけ、鼓動の動きに合わせて……炎《フレア》属性と治癒《ヒール》属性を交互に、丁寧に……。

「ふぅ……ふぅ……これで、できた」

私は最後の欠片を切除し、空間《ディジョン》属性の魔法で転移させ、摘出した。

「ふわぁぁぁぁ……終わったぁ……」

極度の緊張から解放され、私はそのまま後ろにバタンと倒れた。

『サキ様、ご立派でございました。欠片を取り除かれ、身体は正常に戻っています。あとはアニエ様が成功すれば――』

「ぷはぁ！」

ネルの言葉の途中で、アニエちゃんががばっと身を起こした。

「アニエちゃん！　どう、だった……？」

「うーん。これで起きなかったら、どうしようもないかもね」

「何、したの……」

私がアニエちゃんの精神サイドでの行動を心配していると……アンドレが意識を取り戻した。

「う、うぅ……、俺は……」

「アンドレ！」

オドレイがアンドレのもとへ駆け寄る。

「父、上……？」

アンドレはオドレイを見た途端、うなだれる。

「申し訳ございません！　俺は、公爵家としてしてはいけないことしたのに……負けました」

頭を下げるアンドレは、少し震えていた。

怒られる時の怖い気持ちはわかる。でも、だからこそ……正直に伝えるアンドレは、正しいことをしているな、と思った。

「アンドレ……顔を上げろ」

オドレイが低い声で言う。アンドレはおそるおそるといった様子で、ゆっくりオドレイを見る。

「お前のしたことは許されないことだ。それなりの処罰を受けねばならない」

「はい……」

肩を落として返事をしたアンドレを、オドレイは優しく抱き寄せる。

「しかし……お前の身体が無事なら、それでいい」

オドレイはそう言いながらアンドレの頭を撫でる。

「父上……」

アンドレの事情はよくわからない……。でも、涙ぐむアンドレを見ると、アンドレにも公爵家としての色々な我慢や生きづらさがあったんだなと思った。

オドレイも……アンドレの父親って言うから常識のない奴なんだと思っていたけど、ちゃんとお父さんらしいところもあるんだね。

「フレル、すまなかった。息子の処罰の件は、儂から上に報告させてほしい」

「オドレイ殿……わかった。しかし、あなたの息子が使った薬については、然《しか》るべき調査を受けてもらうことになるだろう……。もしかすると、大きな事件に関わっているのかもしれないんだ」

「……あぁ、わかった」

そう言って、オドレイはアンドレをおんぶして歩いていく。しかし途中で立ち止まる。

「アニエス……」

「は、はい……」

「よくやった……。アンドレがした愚行、またそれを放任した儂の行為を詫びよう。そして……息子を救ってくれたこと、感謝する。おかげで、儂も大切なものに気づけた」

「……っ！」

アニエちゃんは一瞬びっくりした後、少し涙ぐんでいた。アンドレを救うのに協力してくれたし、アニエちゃんも本当は、ブルーム家の人たちと仲良くしたかったのかな……。

そう思ってアニエちゃんの表情を窺う。

「ふ、ふん！　今更一回だけ褒められたって、私はなびかないわよ！」

そう言ってはいたけど……アニエちゃんの顔はどこかスッキリしたような、嬉しそうなものだった。


「それでは、ＭＶＰを発表いたします！」

学年別クラス対抗戦は、昨日の高等科三年の試合をもって全て終了となった。

今日は体育館に全校生徒が集まり、各学年のＭＶＰが発表されようとしている。

「そう言われてもねぇ……」

「本当にね……」

フランとアニエちゃんにじーっと見られている気がして、私は首を傾げた。

「さぁ！　それでは初等科三年生から発表です！　今回のＭＶＰは～……」

体育館の中がシーンと静かになる中、アナウンスが響いた。

「初等科三年一組！　サキ・アメミヤさんです！」

「「ですよねぇ～」」

フランとアニエちゃんが同時に言う中、私はわたわたしていた。

「わ、私？」

「サキ・アメミヤさん！　今から二秒後に空間《ディジョン》属性魔法で壇上に飛びます。コメントの用意をお願いしまーす！」

二秒⁉　早くない⁉

とか思ってたら……私は司会者の先輩と学園長先生の前にいた。

さっきまでは観客席にいたのに！

学園長先生……近くで見るのは初めてだけど、おっきい……。

白くて長いヒゲが、いかにも強そうな魔法使いっぽい。

「サキくん。今回の予期せぬ事態に対処してくれた君がＭＶＰじゃ。教員も倒れる中、生徒の命を救ってくれたこと、感謝するぞい。ではコメントを頼めるかの」

「ぁ……えっと……」

マイクみたいなものを差し出されたけど……私が何も喋れないのが、学園中にバレただけだった……。

「なんじゃ、緊張しておるのか？　では、さっさと済ませるとしようかの」

学園長先生が、私の首に何かをかけた。

メダルかと思って視線を落とすと、きれいな水晶のついた首飾りだった……もしかして、すごい魔法アイテムなのかな？

「初等科三年生の間は、この首飾りを見せれば学食で割引を受けられるぞい」

……と思っていたら、学園長先生に告げられた。

うわぁ……現実的な恩恵……。

元の席に飛ばされた私の顔を、アニエちゃんがわくわくした様子で覗き込んでくる。

「おかえり、サキ。何もらったの⁉」

「割引を受けれる、首飾り……」

「へぇ、いいじゃない！」

いい、かなぁ？　もっと、なんかこう、すごい魔法が施されてるとか……まぁ、嬉しいけど……。


あの決勝戦の後、アンドレは体調が戻るまでしばらく学園を休むことになった。

オドレイはアルベルト家への言動と、アンドレの使用した薬について咎《とが》められ、王国の調査を受けた。

ブルーム公爵オドレイ・ブルーム・ベルニエ——つまり貴族区ブルーム領の名を冠していたベルニエ家は、調査後の裁きで伯爵位まで降格された。

ちなみに、養子のアニエちゃんには非がないため、望めば次のブルーム公爵位を賜る貴族の養子になれるらしい。

アニエちゃんは「次の家の人が嫌なやつなら辞退する」って言ってた。

それと、次のブルーム公爵が決まるまで、貴族区もアルベルト公爵家の管轄になった。パパはますます色んな人に頼りにされて忙しい様子だ。

魔物化の薬については、今回の事件で存在が公《おおやけ》になり、本格的に出どころが調査されている。

だけど、アンドレからは何も手がかりを掴めなかったみたい。もらった時の記憶を闇属性魔法《ダクネ》で改竄《かいざん》、もしくは消去されたのではないかという話だった。

結局、あの薬の出どころはベルニエ家ではなかった。それに、体育館のバリアが操作されていた件も、犯人はわからずじまいだったらしい。

パパは調査の報告を受けたみたいだけど、何かわかったんだろうか……。

一方で私はといえば、たくさんの人に見られている中で、世界初のピアレススキルを発動したり、アニエちゃんと一緒に付与魔法《エンチャントマジック》を使ったり……色々やらかしたせいで、教師やら研究者から追われることになった。

パパに頼んで、なんとかごまかしてもらったけど……魔法の使い所には気をつけようと思った。

ＭＶＰの表彰が終わり、私たちは教室へ戻った。

「それにしても、終わってみると寂しいもんっすね。あの特訓の日々も、もう終わりっすか……」

机にひじをついてオージェがたそがれている。なんか、おじいちゃんみたい……。

そんなオージェに、アニエちゃん、ミシャちゃん、フランが次々に言う。

「あら、私はこれからもサキに特訓してもらうわよ」

「私も……サキちゃんの特訓を受けますけど」

「僕も、もともとサキの生徒だからね」

オージェは椅子からガタッと立ち上がる。

「みんなして俺を仲間外れっすか⁉　ひどいっす！　イジメっす！」

「オージェ以外、自分で希望したんだよ？」

「へ？」

私が教えると、オージェはきょとんとしている。

「つまり、あんた以外はみんなやる気があるってことよ！」

アニエちゃんに言われて、オージェはあたふたし始めた。

「お、俺だってやる気あるっす！　サキ、俺にも特訓してほしいっす！」

「いいよ……。じゃあ、今日はオージェと百本組み手、しようかな？」

「ひゃ、百本⁉　勘弁してほしいっす！　死んじゃうっす！」

「さっきのやる気はどこ行ったの？　サキ先生の言うことは聞く！　サキ、ミシャ！　オージェを引っ張って今から特訓いくわよ！」

「「おー！」」

「やめろぉ～！」

私とミシャちゃんとアニエちゃんでオージェを引きずっていき、その後ろからはフランが微笑みながらついてくる。

色々と気になることはあるけど、一段落ついたのではないかと思う。

私は入学当初の目標……友達二人を超える、三人の新しい友達ができた。

これからもこのメンバーや、パパとママとアネットたちと一緒に、楽しく過ごしていきたいと願うばかりだ。

転生者の能力を決めるガチャで大当たりを引いた俺、アキト。おかげで、顔は可愛いのに物騒な能力を持つという、チート王子様として生を受けた。俺としては、家族と楽しく過ごし、学園に通って友達と遊ぶ、そんなほのぼのとした異世界生活を送れれば良かったんだけど……戦争に巻き込まれそうになったり、暗殺者が命を狙ってきたり、国の大事業を任されたり!?　こうなったら、俺の能力を駆使して意地でもスローライフを実現してやる!

◉定価：本体1200円＋税　◉ISBN：978-4-434-27441-1　◉Illustration：オギモトズキン

ギフト争奪戦に乗り遅れたら、ラストワン賞で最強スキルを手に入れた

［著］みももも

余りもの「最弱スキル」のおまけに最強レアスキルがついてきた!?

大人気異世界集団勇者ファンタジー、待望の書籍化!

高校生の明野《あけの》樹《いつき》は、ある日突然、たくさんの人々とともに見知らぬ空間にいた。これから全員が勇者として異世界に召喚されるらしい。この空間では、そのためにギフトと呼ばれるスキルが配られるという。しかし、それは早い者勝ちだった。当然勃発するギフト争奪戦。元来積極的な性格ではないイツキは、その戦いから距離を置いていた。だがそうなると、いいギフトは手に入らない。案の定、イツキが手にしたギフトは、最低ランクだった……が、最後の一個にはなんとラストワン賞として、超レアなスキルがついてきた——

◆定価：本体1200円＋税　◆ISBN：978-4-434-27521-0　◆Illustration：寝巻ネルゾ

万能魔法師の異世界開拓ファンタジー!

大貴族家に生まれたが、魔法適性が「植物」だったせいで落ちこぼれの烙印を押され家を追放された青年、アシュト。彼は父の計らいにより、魔境の森、オーベルシュタインの領主として第二の人生を歩み始めた。しかし、ひょんなことから希少種族のハイエルフ、エルミナと一緒に生活することに。その後も何故か次々とレア種族が集まる上に、アシュトは伝説の竜から絶大な魔力を与えられ――!?一気に大魔法師へ成長したアシュトは、植物魔法を駆使して最高の村を作ることを決意する!

◉各定価:本体1200円+税　◉Illustration:Yoshimo

1〜3巻好評発売中!

この作品に対する皆様のご意見・ご感想をお待ちしております。

おハガキ・お手紙は以下の宛先にお送りください。

【宛先】

〒150-6008 東京都渋谷区恵比寿4-20-3 恵比寿ガーデンプレイスタワー8F
(株)アルファポリス　書籍感想係

メールフォームでのご意見・ご感想は右のQRコードから、
あるいは以下のワードで検索をかけてください。

アルファポリス　書籍の感想　検索

ご感想はこちらから

本書はWebサイト「アルファポリス」(https://www.alphapolis.co.jp/)に投稿されたものを、改題、改稿、加筆のうえ、書籍化したものです。

前世《ぜんせ》で辛《つら》い思《おも》いをしたので、神様《かみさま》が謝罪《しゃざい》に来《き》ました

初昔　茶ノ介(はつむかし　ちゃのすけ)

2020年6月30日初版発行

編集―田中森意・篠木歩
編集長―太田鉄平
発行者―梶本雄介
発行所―株式会社アルファポリス
〒150-6008 東京都渋谷区恵比寿4-20-3 恵比寿ガーデンプレイスタワー8F
TEL 03-6277-1601(営業)　03-6277-1602(編集)
URL https://www.alphapolis.co.jp/
発売元―株式会社星雲社(共同出版社・流通責任出版社)
〒112-0005東京都文京区水道1-3-30
TEL 03-3868-3275
装丁・本文イラスト―花染なぎさ
装丁デザイン―AFTERGLOW
印刷―中央精版印刷株式会社

価格はカバーに表示されてあります。

落丁乱丁の場合はアルファポリスまでご連絡ください。

送料は小社負担でお取り替えします。


ISBN978-4-434-27440-4　C0093